JEAN-JACQUES CHAMBRY

L'homme qui parlait aux étoiles

Ce livre fut professionnellement composé sur Reedsy.

En savoir plus sur reedsy.com.

First edition

ISBN: 978-1-77076-723-2

This book was professionally typeset on Reedsy.
Find out more at reedsy.com

"L'homme qui parlait aux étoiles" a été écrit avec l'aide précieuse de ma chère épouse Martha.Argentine de naissance elle m'a soufflé l'amour de son pays ce qui m'a permis d'exhaler, tout au long de ce roman, la richesse de coeur du peuple argentin.

Notes de l'auteur

Ce roman est dédié à Stéfano Balderas marin pêcheur latino.

Je l'ai rencontré, il y a plus d'un demi-siècle, sur une petite île de l'océan Atlantique à une soixantaine de miles des côtes d'Argentine.

Il était assis sur le banc de nage d'une barque bien entretenue. Le bardage avant d'un bleu intense était fleuri d'un joli nom « Il y a longtemps que je t'aime ».

Installé à la proue, un grand goéland blanc les ailes déployées, séchait ses plumes.

Je me suis approché sans bruit.

Face à la mer le vieil homme, coiffé d'un sombrero de paille et revêtu d'un poncho usagé, parlait au vent du large.

Je n'ai eu qu'à l'écouter...

Je me souviens le son de sa voix... Rauque et monotone.

Je me souviens aussi de ses larmes... silencieuses et émouvantes.

Il implorait Ezéchiel, son sauveteur et l'unique ami qu'il eut dans sa vie, de venir le chercher encore une fois.

Ses mots empreints d'une souffrance infinie m'ont rappelé une citation que j'aurais aimé lui offrir sans heurter sa prière.

> *« Ne pleure pas celui que tu as perdu. Au contraire réjouis-toi*
> *de l'avoir connu ».*
> — *Auteur public*

i

Chapitre 1

L à-bas ...
Tout là-bas...
Au large des côtes de Patagonie, l'île de la Soledad se profilait dans les flous lointains de l'océan Atlantique. Citadelle de granit aux flancs sculptés par de terribles tempêtes et que les longues houles, qui depuis les Malouines n'avaient rencontré aucun obstacle, frangeaient de somptueuses écharpes d'écume.

Le village d'Alcobaçao avait trouvé sa place au creux d'une déchirure qui s'ouvrait sur la baie des albicores. Ses maisons basses, badigeonnées de teintes vives, se serraient étrangement les unes contre les autres. On eût dit qu'elles craignaient de voir surgir de la terre d'en haut quelques esprits malins. De leurs cheminées trapues fleurissaient des volutes bleuâtres que le vent torchonnait aussitôt. Par-dessus, le soleil glissait sur un champ de lumière. Ses feux étincelants, posés sur les toits pentus, les nimbaient d'une clarté presque irréelle. Le long des ruelles les filets bleus des sardiniers séchaient entre deux pêches tandis qu'auprès du moulin, sous la feuillée d'un magnifique jacaranda perlé de clochettes violacées, des fillettes en sabots brodaient sagement. Près d'elles leurs aînées, la nuque colorée d'un châle, papotaient et gloussaient en battant le linge sur les pierres usées du lavoir.

C'était la fin de l'automne.

Erigée sur un rocher dont les entrailles dissimulaient la crypte des disparus, la chapelle Santa Monica étirait sa croix à bout de clocher. Un muret de pierres sèches, accroché à ses contreforts, enserrait le cimetière. Son faîtage foisonnait de glycines entrelacées. Leurs grappes épanouies, lourdes et parfumées, retombaient en se balançant inlassablement comme le balancier des horloges de chaque foyer. Horloges ancestrales, un peu enrouées, un peu désuètes, et qui paraissaient marquer le temps avec plus de mesure... plus de lésine que partout ailleurs.

Parmi les sépultures une femme sans âge trottinait. La Jordane, ainsi qu'à l'accoutumée, visitait ses morts. Se signant ici... s'exclamant là... déposant une fleur plus loin. Puis à pas menus elle repartait à l'autre extrémité du cimetière marmotter quelques patenôtres devant la pierre tombale de Cornélius, son jumeau. Cela durait jusqu'à ce que les sonneries de l'Angélus la fissent rejoindre les ouailles du père Capistrano.

Au pied de la chapelle une tour dressait son squelette de poutres et de madriers.

« Mélanie », la cloche du village, s'y trouvait suspendue.

Campanile ? Poste de guet ? Phare ?

C'était selon.

La mer s'habillait de pourpre à la venue du crépuscule et la grève, hérissée de mâts dont les voiles alanguies pendaient dans un léger friselis, se laissait bercer par la molle rondeur des flots.

Une douzaine de pêcheurs, vêtus d'une blouse de coutil, s'agitaient autour d'une baleinière. Longue et légère, l'embarcation, gréée de deux mats, était maintenue par des béquilles de bois. Certains débarrassaient la carène des coquillages. D'autres faisaient fondre le vieux brai pour le calfatage des bordages.

La « Miña » sera prête pour le grand départ de la pêche à la jubarte.

2

Plus loin, près des barques tirées au sec, des anciens ra-mendaient les filets endommagés. Ils se remémoraient leurs pêches d'antan en fredonnant des complaintes de matelots ou en se racontant des histoires du bon vieux temps. Récits qui, narrés génération après génération, évoluaient et devenaient de plus en plus extravagants.

Parmi eux Léonardo, chasseur de baleines, était l'un des conteurs du village. Certainement le meilleur.

Bossu de naissance il concoctait lui-même les textes qu'il présentait durant les veillées d'hiver ou les réunions de voisinages. Il était très fier d'offrir à ses amis ses dernières œuvres littéraires, souvent auréolées de poésie.

A la demande de Raul, son cadet, il se saisit de sa sacoche et en tira un cahier d'écolier aux pages froissées.

Tous les anciens se figèrent, le regard tendu vers le conteur. Abandonnant momentanément leur labeur ils se serrèrent autour de lui. Bien campés sur leur tabouret ils attendaient sans bruit que le bossu fut prêt.

Celui-ci leur sourit. Il se redressa autant qu'il le put et d'une voix complice murmura :

- Dans mon village en Patagonie, à la fin des années 1800, vivait un vieil homme solitaire.

Chaque après-midi, avant que le crépuscule ne se fasse nuit, il s'en allait promener son ombre sur les chemins de ses souvenirs. Cette ombre était sa seule compagnie. Sa seule confidente. Ombre parfois indiscrète mais toujours fidèle.

Après un court silence Léonardo s'éclaircit la voix et commença sa lecture.

Le vieil homme et son ombre.

Cette ombre qui sombre dans la mélancolie et ombre mon âme d'une tristesse infinie se détache de moi chaque jour davantage.

Elle va sans hâte... de-ci, de-là, jalonnant notre promenade de pauses interminables. Et moi bon prince je l'attends... transpirant ma verveine dans le soir qui s'installe.

- Bizarre cette ombre qui badaude sur le mur chanci du cimetière. Allez ! Hue dia !... Un petit effort crénom. Que t'arrive-t-il ? A te voir ainsi tu sembles mon aînée d'au moins... Je ne sais pas, moi... Euh... 10 ans... 15 ans... Peut-être plus.

- Tiens... elle hésite encore la bougresse. Je l'épie au travers de mes bésicles et ses mouvements indolents me rappellent l'oncle Cristobal. Vous savez bien ? Cristobal Moreno. Mais oui. Celui-là précisément. Le centhuitenaire de la famille. Le géniteur de la moitié du village... Même qu'à la fin de sa vie il était devenu son ombre.

- Bizarre que la mienne vieillisse si mal. Depuis plus de trois quarts de siècle elle s'agrippe à mes basques avec force et fidélité allant autrefois, je vous le jure, jusqu'à partager mes instants d'intimité avec Virginie. Virginie, ma tendre épouse que nous fleurissons chaque jour. Et voilà maintenant qu'elle se traîne. Est-elle malade ? Souffre-t-elle de la solitude ? De l'ennui ? Il est vrai que nous ne profitons guère de la douceur du temps. L'air de la campagne doit lui manquer ? Ou peut-être se meurt-elle lentement de chagrin ? Je sais qu'elle était éprise de l'ombre de Virginie. Je les ai surpris plusieurs fois serrées contre nous et chuchotant les mêmes mots d'amour.

- Bizarre cette ombre que je ne reconnais pas. Elle à l'air d'une défroque obsolète, un peu pâlotte, un peu désuète dont les formes alourdies semblent goutter sur le mur gris. Je vous l'accorde... J'ai pris un peu de ventre... Mes cheveux ont blanchi mais ma démarche reste alerte ... Bien que... bien que les chaussures que je porte aujourd'hui soient pesantes et me fassent buter sur les éboulis de la sente. Mon ombre se déplace à l'aide d'une canne. Et pas de doute si je lui donnais une bourrade, elle se répandrait sur la chaussée sans jamais pouvoir se relever.

- Bizarre cette ombre flageolante qui frissonne au moindre vent. D'accord ! D'accord ! Je l'avoue... moi aussi je chemine avec une badine mais je la tiens fermement car elle me sert à écarter les herbes folles. Certes, parfois je ralenti un tantinet... c'est cette ombre qui s'accroche aux aspérités du mur qui... qui me fatigue. Dommage qu'elle s'affaiblisse chaque jour un peu plus. J'aurais tant aimé que l'on flâne encore quelques temps ensemble main dans la main.

- Ah ! Voilà le banc. Allons reposer cette vieille et bonne amie. Ses jambes chancellent et je l'entends panteler. Grand bien lui fasse. Je suis affable et j'ai beaucoup de compassion pour elle.

- Et après tout, qu'est-ce que ça peut vous faire ? Je me demande bien pourquoi je vous raconte tout cela. Vous, les autres vous ne nous voyez même pas. Puis cette ombre, cette ombre... elle est à moi... et cette ombre... oui cette ombre... je l'aime.

- Blottis l'un contre l'autre, ils posèrent leur solitude sur le banc de pierre.

Le flonflon d'un accordéon qui s'échappait d'une ferme lointaine éveilla chez le vieil homme un flot de souvenirs. Il sourit aux anges... ferma les yeux et doucement... tout doucement se pencha vers son ombre. C'est l'instant que choisit Virginie pour l'envelopper de son grand manteau d'amour. Elle se coula contre lui, l'embrassa tendrement et d'une voix chaude lui murmura :

Allons mon homme, lève-toi, viens danser

Et toi aussi, ombre de son ombre

Le jour qui commence à décliner

Le laissera seul dans la pénombre.

Ne reste pas prostré sur le banc

Ta jeunesse, ta jeunesse fout le camp

5

Bois à la musique l'eau de jouvence
Sèche tes regrets et danse... danse... danse...

Et dans les mauves d'une nuit naissante le vieil homme et son ombre, enlacés comme des amants, s'envolèrent en tournoyant lentement, lentement... jusqu'au royaume de Virginie.

Un grand recueillement s'établit avec la fin du récit. Aucun souffle. Aucun murmure.

Léonard rangea son cahier avec soin et c'est alors que, les uns après les autres, les vieux pêcheurs se levèrent et le remercièrent chaleureusement de l'émotion qu'il leur avait transmit.

Ils le serrèrent sur leur coeur et toujours silencieux ils rejoignirent les filets bleus.

Seule une bande de mouettes se disputant le menu fretin décroché des mailles et jeté sur le sol, griffait le calme crépusculaire de leurs craillements intempestifs.

Chapitre 2

Soudain la voix de Manolo vibra.
Surprises, les mouettes firent un écart en arrière.
« Voile !... Voile au large !... »
Les raccommodeurs à barbe blanche levèrent la tête vers le sommet de la tour. Toutes les trognes cuivrées se polarisèrent sur le doigt crochu de la vigie.

« A cinq ou six miles ! Plein levant ! » Ajouta Manolo en tirant violemment sur le battant de « Mélanie ».

Clignant les paupières dans les feux du soir les vieux marins fouillaient à l'infini. Leurs yeux habitués à la réflexion de la lumière ne tardèrent pas à localiser une barque qui chaloupait au lointain. Par instant disparu dans les moutonnements de la mer, elle ressurgissait dans un halo étincelant pour rouler de nouveau au creux d'une vague. Sa voile, à demi gonflée par un souffle erratique, semblait s'époumoner à chaque bordée.

Et pendant ce temps-là « Mélanie » résonnait de tout son bronze... répandant ses appels à travers le village, à travers la campagne, à travers l'océan.

- C'est Ezéchiel, constata Ramón.

- Oui, c'est lui ! Son falot est éteint. J'appréhende qu'il n'ait retrouvé Stéfano, soupira Henriques.

- Ne dis pas ça ! On doit avoir confiance en la Madone, répliqua Ramón.

- Tu as raison mon fils... Peut-être que le bonheur d'être ensemble leur a fait oublier d'enflammer la lanterne. Et s'il n'est pas à bord c'est qu'un vent farfelu l'aura détourné de son lieu de pêche. Ne nous affolons pas, Stéfano sait apprécier la mer et c'est un bon marin. N'a-t-il pas prouvé maintes fois qu'il chasse la baleine avec autant de maîtrise que les meilleurs d'entre vous ? Même s'il n'est point pays, notre mère Santa Monica ne l'abandonnera jamais. Connaissant Ezéchiel comme je le connais, croyez-moi, il aura fait le maximum pour retrouver le sillage de son protégé, dit le père Capistrano fier d'avoir débité sa tirade d'un seul trait malgré son essoufflement. C'est qu'il était asthmatique le curé du village. Et si à Alcobaçao le début de la messe était immuable, celle de la sortie restait incertaine. Chaque dimanche le sermon entrecoupé de boff... de ouff... et autres onomatopées relatives à la dyspnée sacerdotale rendait imprévisible l'heure du déjeuner dominical... au grand dam de ses fidèles.

Aux premières sonneries de « Mélanie » le père Capistrano, malgré soixante quinze ans passés, s'était précipité vers la tour. Ses cent vingt kilos, boudinés dans une soutane défraîchie par trop de lessivage, en avaient fait gémir l'appontement.

Il se campa sur le ponton, leva les bras au ciel et remercia le Seigneur d'avoir épargné Ezéchiel, le plus impénitent de ses paroissiens.

De nombreuses familles s'étaient réunies sur la plage. Les mères et leurs progénitures se tenaient à l'écart tandis que leurs hommes, rassemblés près des anciens, scrutaient l'océan silencieusement.

Seule la voix de Canello, le doyen de l'île écorcha ce silence « Je vous l'avait bien dit... Vous avez cessé les recherches trop tôt. Je suis sûr qu'Ezéchiel se sera donné plus de mal que vous tous pour le retrouver.

- Olà !... Que voulais-tu que nous fassions de plus avec le temps pourri que nous avons essuyé ? Nous l'avons recherché durant six jours et cinq nuits tous azimuts. Tu n'es pas sans l'ignorer ?... Nos gars ont fait l'impossible, répliqua Juan, le Maître charpentier.

- Non, non et non ! Impossible n'a jamais fait pas partie du langage des pêcheurs de chez nous et tu le sais bien Juanito ! Vous n'aviez pas le droit d'abandonner les recherches avec cet hypocrite espoir que son compagnon ferait le boulot pour vous... Et si Stéfano n'est pas dans la barque d'Ezéchiel, que pense t-il en ce moment quelque part sur l'océan ? S'il vit toujours ? Continua le vieux loup de mer.

- Mais diable ! Avec le respect que je te dois Canello tu débloques ou quoi ? reprit Juan. Hypocrite espoir... Mais c'est toi qui en parle de cet hypocrite espoir et toi seul. Pour qui te prends-tu pour nous offenser de la sorte ?

- Comment ça, je déconne ? Sois poli vaurien ou je te brise mon bâton sur les reins, aboya l'ancêtre.

- D'abord je n'ai pas dit déconnes mais débloques et je soutiens mordicus que les hommes ont fait tout ce qu'ils pouvaient... Demande à Ramón, à Mario, à Orbiani, à Emilio, à tous quoi ? Et Carlos qui a fait naufrage dans la tempête du 12. Deux heures de bain avant d'être repêché par Pepe. C'est rien ça ? Et qui lui rendra sa barque ? Le Saint-Esprit ?...

- Ta ta ta, pas de blasphème, païen ! Et tu ne m'empêcheras pas d'affirmer, continua Canello en faisant tournoyé sa canne devant la visage de maître Juan, qu'on peut toujours en faire plus qu'on ne le pense... sinon ça n'en vaut pas la peine mais il faut en avoir la volonté... C'est vrai que vous les jeunots vous n'avez pas hérité du mordant de vos pères... De mon temps ce n'était pas un grain qui nous aurait arr....

- Suffit ! Suffit ! Enchaîna le père Capistrano. Et devant ses fidèles il tança les deux trublions.

« Cessez donc vos chamailleries... Boff... à quoi ça rime de se quereller ainsi ? Bel exemple que vous donnez a vos enfants qui vous regardent. Vraiment se croirait-on entre chrétiens ?... Allez, baisse ta canne Canello ! Et toi Juanito, sois plus magnanime pour les anciens. On leur doit respect et assistance. Ne l'oublions jamais ! Maintenant, prions ensemble afin que Stéfano soit à bord ». Puis d'une voix sourde il reprit ses litanies.

Chapitre 3

Pendant ce temps Ezéchiel barrait en direction du fanal que Manolo venait d'embraser en haut de la tour. Parti depuis dix sept jours, il avait exploré toute la zone de pêche qu'il partageait avec Stéfano. A cours de vivre, il mangea du poisson cru et sans l'orage de la dernière tempête, il aurait souffert de la soif. Mais tout cela n'était que bien peu de chose au regard de son chagrin. Le vieux pêcheur s'était profondément attaché à cet homme venu... on ne sait d'où.

Il y a une vingtaine d'années. Un soir de novembre. Le vent hurlait. Son souffle salé fouaillait la voilure du trois-mâts qui venait d'accoster à Alcobaçao. Chaque premier jeudi du mois les habitants de l'île se retrouvaient le long de l'estacade pour l'accueillir et s'enquérir des dernières nouvelles du continent. L'insurrection des étudiants de Buenos Aires, bien que réprimée depuis plusieurs mois, alimentait toujours les conversations. Des combats impitoyables avaient eu raison des insurgés. Le jeune Josef Valdès n'était toujours pas rentré au village. Tous les îliens de la Soledad l'attendaient comme on attend le retour du pêcheur. Etait-il emprisonné ? Etait-il mort ? Aucune information ne filtrait de la terre d'en face. L'espoir s'amenuisait au fil des semaines.

Les quelques passagers s'étaient déjà dilués dans la foule et le déchargement des marchandises battait son plein lorsqu'un jeune inconnu, sac à l'épaule, débarqua de la « Marija ».

Au bas de la passerelle il frissonna dans l'air vif. Relevant le col de sa vareuse il se fraya un passage parmi la cohue. Les villageois l'abordèrent. Il resta muet. Un silence hostile l'accompagna lorsqu'il s'enfonça dans la nuit.

Il avait juré, lorsqu'il ferma les yeux de Josef, de remettre à sa mère la lettre inachevée que celui-ci lui avait confiée.

La balle qui faucha son compagnon de combat scella à jamais le destin de Stéfano.

Ayant réussi à déjouer les recherches lancées contre lui durant plusieurs mois, il était venu s'acquitter de sa promesse. Suivant les recommandations de Josef il prit pension chez Zacharie à « l'Auberge du bout ».

Tous les matins, après avoir déjeuné, Stéfano se rendait auprès de la veuve Valdès.

Elle était inconsolable. Minée par le chagrin elle s'affaiblissait chaque jour un peu plus. Une petite flamme s'allumait au fond de ses prunelles lorsque Stefano lui parlait de son fils, mais très vite elle se replongeait dans les affres de sa désespérance. Après Urbano, son époux, perdu quelque part dans les eaux de l'océan, elle ne pouvait imaginer Josef, son fils, enfoui quelque part dans les terres du continent.

Le village entier la réconfortait sans pouvoir l'extraire de sa lente agonie. Elle n'avait de plaisir qu'à la venue du jeune homme.

Dès l'aube elle partait prier à la Roche du Grand Pardon, face aux côtes de Punta Tombo.

Un matin elle n'est pas rentrée. Son châle noir fut retrouvé flottant à la branche d'un bosquet de houx.

Stéfano eut le sentiment d'avoir perdu son ami pour la seconde fois. Il se retrouvait seul avec sa guérilla, ses carnages, ses agonies. La meurtrissure de ses souvenirs ressurgissait en force du plus profond de son être. Il se sentait coupable d'être vivant. Lui... Lui que personne n'attendait quelque part.

En proie à l'amertume de son existence, il sombra dans une sorte d'engourdissement morbide jusqu'au jour ou il rencontra Ezéchiel. Leur solitude les réunit devant une chope de bière au bar de l'auberge. Malgré leur différence d'âge ils se reconnaissaient une multitude d'affinité.

C'est ainsi que Stéfano, jour après jour, redécouvrit avec ce solide gaillard la pureté juvénile de ses vingt ans et l'envie de vivre qu'il avait laissé sur les ruines de son université.

Une indéfectible amitié s'établit entre les deux hommes.

Stéfano décida de rester à Alcobaçao.

Ezéchiel l'accueillit avec joie dans son humble cabanon.

Il lui apprit tout se qu'il savait sur la navigation, la pêche, la vie... et depuis il se sentait responsable de celle de son compagnon.

Chapitre 4

Transi de froid, Ezéchiel s'était rencogné au fond de la barque. Il n'avait guère dormi depuis son départ et ses yeux, gonflés de fièvre, ne pouvaient cacher son dépit.

- Je te retrouverai Stéfano ! Je te retrouverai où que tu sois ! Dès l'aube je reprends le large et je te ramènerai au bercail ou je ne m'appelle plus Ezéchiel.

Il essuya d'un revers de main la rage qui embuait son cap.

- Et toi la mer ! Je ne t'ai jamais rien demandé. Mais tu sais ou il est. Alors, mènes-moi jusqu'à lui. Tu me dois bien ça, non ? Depuis le temps que tu t'amuses à me tanner la peau des fesses avec tes sautes d'humeur.

Puis toisant le ciel rougeoyant qui s'effondrait à l'horizon, il interpella le Tout-Puissant comme si celui-ci avait élu son siège dans les embrasements du couchant.

- Eh! Dieu!... Ecoute-moi avant de disparaître. Capistrano dit que tu es la compassion même. Alors prouves-le-moi. Si je t'implore ce soir, c'est à cause de la peine qui me ronge le cœur. Je ne pourrais jamais accepter la disparition de Stéfano.

A cet instant, l'ultime chatoiement du soleil s'engloutit dans l'océan.

Ezéchiel se redressa avec peine. Le regard bouleversé il hurla « Réponds-moi ! Allez, réponds-moi ! Ou alors... c'est que tu m'en veux encore ? »

Devant le mutisme céleste il continua la voix cassée de colère.

- Oui c'est ça. Je ne t'intéresse pas... Mais je m'en fous ! Je me passerai de toi et de tes calotins endimanchés et je ramènerai Stéfano. Oui je le ramènerai ! Et tout seul... et vivant ! Tu m'écoutes?

Le jour qui déclinait renforça sa détresse.

Ezéchiel, jambes écartées, s'était juché près du mât en brandissant une rame au-dessus de sa tête. Le visage défait par la fatigue, brûlé par le sel, il se mit à beugler, à gesticuler, à jurer comme un forcené.

Il assénait des coups terribles par tribord, par bâbord, faisant jaillir des gerbes d'eau qui l'inondaient.

- Tiens !... Mer de tous mes malheurs prends ça !... et encore !... et encore !... Jamais je ne te laisserais Stéfano. Jamais ! Jamais !...

La barque, abandonnée à elle-même versait d'un bord sur l'autre.

La crise dura un long moment. Ce n'est qu'à bout d'énergie qu'il se calma.

Après avoir bloqué le gouvernail en direction d'Alcobaçao, il se pétrifia à la proue du bateau.

Accoutré d'un ciré noir, la silhouette du pêcheur, accrochée à l'aviron, faisait penser à la camarde chevauchant la croupe des vagues.

Sa raison s'effilochait.

Un sourire bizarre pendait à ses lèvres.

Puis dans un souffle il murmura « Nestor... Nestor... »

Un délire naissant lui faisait remonter le temps.

« Nestor...» un prénom qu'il n'osait prononcer trop fort dans la crainte d'attirer les foudres du ciel. Un prénom auréolé de tendresse, d'amour... lié à un cauchemar qui l'avait hanté durant des années et qu'il avait réussi à recouvrir d'une fine poussière d'oubli, grâce à Stéfano.

Et voila que ce souvenir lui éclatait en pleine face, en pleine mer, en plein désarroi.

Il se meurtrissait le front contre le manche de la rame.

– Ce n'est pas de ma faute, ce n'est pas de ma faute ! Susurra-t-il. Et le pêcheur tomba à genoux.

Dans les ombres du soir qui s'étalaient, et dans son égarement qui s'installait, le film de ce souvenir tragique se mit en place.

D'abord tel des flashes flous, désordonnés, les séquences défilèrent devant ses yeux grands ouverts. Puis l'objectif de sa mémoire s'éclaircit et les images de son obsession se focalisèrent avec une précision prodigieuse.

Chapitre 5

I l y a bien longtemps de cela...
La nuit s'en était venue et l'orage menaçait.
Ezéchiel avait douze ans.

Accroupi devant un poisson rouge, il caressait du bout des doigts le galbe renflé du bocal. Il était triste. Son père, sorti depuis l'aube, n'était pas encore rentré. Des larmes coincées entre ses paupières déformaient l'image de son ami Nestor.

- Peut-être que dans l'eau, lui aussi i'm'voit comme ça ? Songea-t-il.

Vingt et une heure s'égrenaient à la vieille horloge. Le vent par rafales déferlait dans la cheminée et chahutait les flammes qui pétillaient dans l'âtre. Ezéchiel restait figé, perdu dans ses rêves d'enfant. Son seul réconfort, son seul soutien, c'était ce petit poisson rouge qui tournait dans sa sphère, qui tournait dans sa tête... aussi paumé que lui.

Durant les longues absences de son père, il lui faisait partager ses espoirs, ses appréhensions, ses troubles.

Depuis le décès de Maria, survenue pendant la naissance d'Ezéchiel, Pinto était devenu ombrageux. N'ayant pas réussi à surmonter son deuil il avait décidé, trois années plus tard, de quitter le continent pour rejoindre l'île de la Soledad.

L'île de la Soledad, terre de ses ancêtres, ou dès le printemps les hommes partaient en barque chasser la jubarde.

Mais rien n'y fit. Ni le temps, ni la chasse à la baleine à bosse, ni les copains n'atténuèrent sa peine. Il se réfugia dans l'alcool et chaque jour passé l'éloignait d'Ezéchiel. Il lui reprochait la disparition de Maria.

- Dis, Nestor ? Comment j'aurais pu faire mourir ma mère. J'étais bien trop petit. Y a des fois ma tête me fait mal tellement j'me la creuse pour comprendre.

La gueule du poisson rouge, séparée du visage de l'enfant par la seule épaisseur du verre, articulait des mots insonores mais ô combien réconfortants. Les plus affectueux montaient en bulles pour éclater à la surface de l'eau dans un petit bruit de baisers mouillés.

- Je sais que toi tu m'comprends. C'est pour ça que je t'aime Nestor. Quand je suis malheureux, je vois bien qu'toi aussi tu n'es pas joice.

Ecrasant son nez contre le bocal, le gamin tentait d'analyser l'humeur de son cyprin doré. Il lui faisait d'horribles grimaces que l'autre lui rendait bien.

Se relevant Ezéchiel sortit d'un tiroir un livre cartonné. Ouvrant la page de garde avec précaution il en retira un petit carré de journal.

L'enfant embrassa la reproduction noire et blanche.

- Fais-lui aussi un bisou Nestor. Allez ! Bouge-toi. Elle ne te mangera pas, dit-il en apposant le portrait sur le bocal.

La photo représentait le buste d'une femme rousse au regard embué de bonheur.

Mais le plus troublant c'était son sourire.

Un sourire merveilleux. Un sourire qui vous réchauffait le coeur.

Pour le gosse c'était le baume qui calmait ses souffrances. C'était l'antidote d'une culpabilité que son père lui reprochait.

Ezéchiel avait été fasciné par ce visage qu'il avait vu dans un magasine, chez Antonio le barbier. Retenant sa respiration, il déchira la page doucement en épiant les faits et gestes d'un autre client. Personne ne s'aperçut de son manège. Le rouge aux joues mais fier de son exploit il la dissimula dans sa sacoche d'écolier. Depuis ce jour il avait fait de cette photographie celle de sa mère. Et plus il la regardait... plus il en était persuadé.

Pinto, aliéné par une rancoeur maladive, ne lui avait jamais parlé de Maria. Il gardait jalousement les souvenirs qu'il possédait d'elle. De son côté, l'enfant traumatisé par le comportement de son père n'osait poser de questions. A douze ans il ignorait tout de sa maman hormis son prénom que Pinto avait laissé échappé lors d'une conversation avec Canello.

« Maria... Maria Portorosa »

Il interrogea encore son poisson.

« Regarde ! Si c'était de ma faute, crois-tu qu'elle me sourirait comme ça ? »

Gagné par une émotion profonde Ezéchiel, le front appuyé contre le bocal, fixa intensément son poisson rouge et un long silence s'en suivit.

Un craquement sec dans l'âtre mit fin à ses pensées.

Il exhala un soupir et murmura : « Ah Nestor ! Si tu pouvais me parler... »

Ils baillèrent ensemble.

Vingt deux heures. L'ennui s'installait. Ses paupières se faisaient lourdes. Après avoir rangé la photo il remua le bouillon qui chantait dans le chaudron puis jeta deux bûches dans la cheminée.

Il s'installa dans le fauteuil et se berça jusqu'à ce que le sommeil tarisse ses pleurs.

Chapitre 6

Un grand bruit. La porte venait de claquer. Réveillé en sursaut Ezéchiel écoutait les rumeurs qui filtraient de l'entrée. Son coeur battait la chamade. Un silence inquiétant suivit l'arrivée de Pinto. Avait-il rêvé ? Non ! Il percevait le halètement de son père. Le fauteuil gémit lorsqu'il se tassa contre le dossier canné.

Encore un grand bruit. Les bottes de caoutchouc valsaient dans le couloir.

Des borborygmes prolongèrent ce vacarme. Aussi ivre que de coutume Pinto s'avança jusqu'au seuil de la pièce. Il respirait avec difficulté.

Appuyé au chambranle de la porte il hésitait à entrer dans le salon à peine éclairé par le foyer de la cheminée.

– Allume la lampe ! Qu'est-ce que t'attends ! Aboya-t-il.

Bien qu'habitué aux injonctions de son père, Ezéchiel tressaillit.

– Sors de mon fauteuil et vite ! Alors, tu allumes ?

Ezéchiel amorça un mouvement dans la pénombre.

– Oui papa, tout d'suite ! Bafouilla-t-il.

Une première allumette crépita en vain. A la seconde, la flamme de la lampe à pétrole s'embrasa timidement. Une lumière vacillante dispersa l'ombre et fit naître un tableau lamentable.

Livide, débraillé, Pinto cherchait son équilibre. Après avoir beuglé des mots sans suite, il hoqueta plusieurs fois.

Son visage mal rasé esquissait un rictus de dégoût. Ses cheveux trempés ruisselaient sur ses joues creuses et ses yeux sombres aux reflets d'ambre avaient un air halluciné.

D'une démarche flottante il pénétra dans la grande pièce. Il jeta son ciré mouillé en direction de l'âtre puis s'avança vers Ezéchiel sa ceinture à la main.

Celui-ci se mit à pleurer.

Pinto trébucha plusieurs fois. Il vociféra des mots sans suite et après quelques pas heurtés il s'écroula lourdement sur la table.

La lampe vola en éclat ainsi que le bocal.

– Nestor !... Nestor !...

Le gamin était affolé. Il chercha d'un regard éperdu son poisson rouge.

Nestor gigotait parmi les morceaux de verre tandis que son père, affalé sur le carrelage, ruisselait de pétrole.

Se relevant avec difficulté Pinto tenta d'agripper Ezéchiel.

Ce fut alors qu'il aperçut Nestor près de lui.

Le poisson suffoquait.

D'un magistral coup de talon... il l'écrasa.

Ô seigneur ! Ce crissement sur le pavé. Comme un gémissement long suivi d'un bruit sec.

Dès cet instant Ezéchiel perdit toute commune mesure. Il bondit en hurlant comme une bête blessé. « Non ! Non !... Pas ça papa... pas ça... »

Et il cogna, cogna de ses poings la masse imprécise de son père. Un grognement répondit à ses coups. Puis, le repoussant brutalement, Pinto leva le pied et lui présenta sa chaussette imprégnée du poisson rouge.

Un cri effroyable jaillit de la gorge de l'enfant. Une rage démentielle s'empara de lui. Se précipitant jusqu'à l'âtre il se saisit d'un brandon enflammé et la lança en direction de son père.

Imbibé de pétrole, l'homme s'embrasa sur-le-champ.

Des hurlements inhumains s'élevèrent dans le calme de la nuit. Une lumière opaque se dispensa dans la pièce. Pinto transformé en torche vivante chancelait à droite... chancelait à gauche... s'écroulait ici... se heurtait là... provoquant à chacune de ses chutes d'innombrables foyers qui se propageaient dans toute la maison.

Ezéchiel, effrayé par la spontanéité de l'incendie, se jeta sur les restes de Nestor et les emporta au fond du couloir. Un grésillement barbare, une odeur de chair brûlée le suivit. Les yeux exorbités par l'horreur de son geste, la bouche contractée par un cri qui ne pouvait sortir, il se laissa aller dans son pantalon.

Mais soudain, au milieu de son épouvante, il eut l'impression que deux mains réconfortantes se posaient sur ses épaules. Il frissonna et peu à peu un grand calme l'envahit.

Il se réfugia au fond du jardinet, près de la remise à bateaux. Et là, dissimulé derrière la haie de magnolias, il regarda d'un oeil sec l'incendie qui se développait.

Le vent s'engouffrait par la porte ouverte et le feu, attisé par cet allié providentiel, s'enfla rapidement. En quelques minutes la bâtisse, mi-bois mi-torchis, fut transformée en un immense brasier.

Chapitre 7

L es villageois avaient formé une longue chaîne depuis la citerne. Sous la houlette du père Capistrano ils tentaient d'éteindre le sinistre avec toutes sortes de récipients. Frais émoulu du Collège ecclésiastique de Capelacchio, le jeune prêtre qui entamait son premier ministère et son quintal s'élança dans la fournaise.

D'emblée une fumée épaisse l'aveugla.

- Ezéchiel !... Ezéchiel !... hurlait-il entre les suffocations et les quintes de toux.

Ce fut alors qu'il aperçut dans les lueurs troubles de l'incendie une forme incandescente étendue sur le sol...

Tel un fantôme de feu, l'apparition évanescente tendait un bras vers lui quand une poutre s'écroula. La chaleur devint insoutenable.

Du coeur des flammes la voix de Pinto murmura « E... zé.. chiel... E... zé.. chiel... ».

C'était comme le souffle d'une âme qui haletait en s'évaporant dans les turbulences de fumée.

Le feu crépitait de toute part. Capistrano se signa et bénie l'homme qui se mourait dans les affres de l'incendie. Relevant sa soutane il tenta de s'en approché. Il suffoquait. Des larmes brûlantes creusaient son visage noirci. Une douleur lui mordit l'épaule.

- Vous brûlez mon père ! Vous brûlez ! lui cria Canello qui l'avait suivi avec un seau d'eau. Il l'aspergea copieusement. La douche glacée arracha le prêtre de sa vision funeste mais il ne pouvait bouger, pétrifié par le spectacle hallucinant qui l'entourait. Canello le tira brutalement par le bras jusqu'à ce qu'ils aient rejoint la foule.

« L'enfant !... L'enfant !... » Articulait le curé entre deux quintes de toux, le regard levé vers le ciel. Il courait autour de la bâtisse en feu cherchant en vain la possibilité d'y pénétrer à nouveau.

La charpente torturée par les flammes s'écrasa dans un nuage d'étincelles entraînant dans sa chute la toiture chauffée à blanc. Un souffle brûlant roula jusqu'au fond du jardinet.

Les villageois s'activaient encore autour du sinistre quand le char des pompiers, tiré par Annabella la jument grise, arriva sur les lieux.

Quelques instants plus tard la maison n'était plus qu'un monceau d'enchevêtrements fumants. Des vestiges de mur, éclairés par le halo fugace d'une lune blafarde, projetaient des ombres informes sur le sol brûlé. La lance des pompiers eut vite raison des dernières flammes qui persistaient encore.

Une heure avait suffi pour effacer toutes traces de vie des Portorosa.

Pendant un grand moment les commentaires allèrent bon train. Aucun indice... aucun objet personnel... aucun corps ne fut retrouvé dans les décombres

Le ciel qui depuis plusieurs jours charriait sa cargaison de cumulo-nimbus déversa une pluie drue sur Alcobaçao.

Sous l'orage qui l'inondait, Ezéchiel caressait le corps broyé de Nestor. Il était en pleurs, perdu et transi. Il n'osait rejoindre les villageois.

La foule, persuadée de la mort du père et de l'enfant, se dispersa lentement. Seul Capistrano, la soutane ruisselante d'eau, resta prostré dans ce décor de tragédie. Il laissa déborder son chagrin à grosses larmes lorsque soudain il sentit une petite main froide qui cherchait la sienne.

Le glas sonna toute la nuit...

Au travers des volets clos, la lumière diffuse des lampes filtra jusqu'aux premières lueurs du matin. Le village entier veillait et priait pour le repos de Pinto Portorosa.

Chapitre 8

L e glissement de la coque sur le fond graveleux fit sortir Ezéchiel de son délire.

Un choc... La barque accostait à la « Désirade. » Une crique minuscule située à quelques encablures de la jetée. Les deux amis s'étaient choisis ce havre car il les épargnait des tumultes du port.

Il se cramponna à la rame. Des tremblements irrépressibles avaient envahi tout son être.

Etait-ce le froid ? Etait-ce la fatigue ? Ou bien la fièvre engendrée par ce maudit songe ? Toujours est-il qu'il claquait encore des dents lorsqu'une dizaine d'hommes le halèrent sur la berge.

La nuit était presque tombée.

Capistrano se détacha du groupe de villageois et s'approcha d'Ezéchiel. Il le dévisagea.

« Comme tu as dû souffrir mon fils. Ton visage est ravagé et tes mains sont couvertes de plaies tant tu as tiré sur les rames. Veux-tu que je t'aide ? ».

Le pêcheur ne dit mot.

Toujours silencieux, il sauta à terre. Deux ou trois vigoureuses bourrades tinrent en respect le cercle des hommes qui s'était refermé sur lui. Il empoigna l'ancre d'un geste nerveux et la planta aux pieds des questionneurs qui le serraient de trop près.

Des grognements ponctuèrent son action.

- Alors Ezéchiel ? Rien, aucun indice ? Jusqu'ou es-tu allé ? demanda Maître Jean.

Il ne répondit pas.

Judoc s'approcha de lui puis l'attrapant par le col de son ciré il le secoua brutalement,

« Tu vas parler oui ou non ? hurla-t-il.

Ezéchiel leva un regard perdu sur l'homme qui le tarabustait.

- Ca va, ça va... laisse-le reprendre ses esprits, dit le Maître charpentier.

- Bein alors qu'il nous dise au moins quelque chose. C'est une vraie tête de mule, ricana Judoc.

- Chut !... Pas de méchanceté, reprit le père Capistrano. Vous ne voyez pas qu'il est à bout de force. Boff... Il racontera plus tard. N'est-ce pas, mon fils ?

Ezéchiel émit un soupir qui le fit grimacer. Des parcelles de peau, rongées par les agressions du large, se dépouillaient de son visage.

Plus de deux semaines d'errance en pleine mer l'avaient profondément marqué.

Et de surcroît, ce satané cauchemar !

- Je n'ai rien à vous dire, brailla-t-il soudain. Je suis crevé ! J'en ai marre ! Laissez-moi tranquille ! Tranquille ! C'est clair ?

- Bon, si c'est ça. Et bien, débrouilles-toi tout seul, riposta Judoc. Peut-être que demain tu seras plus aimable. En attendant, salut.

Les hommes se concertèrent. Le père Capistrano d'un geste discret leur signifia de partir. Quelques minutes plus tard les villageois et les villageoises disparaissaient en maugréant dans l'obscurité.

Un silence bienfaisant s'étendit sur la crique.

Une poignée de gamins, montée à bord, aida le pêcheur dans sa tâche.

- Ce sont bien les meilleurs, songea Ezéchiel. Eux au moins, ils ne posent pas de questions.

Effectivement, sans une parole, les enfants s'activaient près de la voile. Ils l'enroulèrent autour du mât et rangèrent l'épervier sous le banc de nage. Ils écopèrent le fond de la barque puis s'emparèrent du sac à dos, de l'outre en peau de bouc, d'un tonnelet vide, d'une couverture trempée et du harpon. Pendant ce temps Ezéchiel avait réuni ses ustensiles de pêche et la boîte de fusées. Il les rangea dans un coffre en bois qu'il souleva sans effort pour le poser sur son épaule. Le maintenant d'une main, il prit de l'autre celle que lui tendait Pépito, le plus jeune de la bande.

- Allons, en route moussaillons. Vos parents vont rouspéter si on traîne trop, leur dit-il.

Toujours silencieuse, la troupe s'ébranla derrière le pêcheur.

Dissimulé dans la pénombre le vieux curé les suivait pas à pas.

Poldock, le meneur de l'équipe, celui qui portait le harpon, se mit à siffloter avec entrain « A la claire fontaine m'en allant...».

Dès lors tous les gosses, les uns après les autres, l'accompagnèrent. « Il y a longtemps que je t'aime, jamais je ne..... »

Ezéchiel sentit monter en lui une forte émotion lorsque les sifflets, vibrants et sonores, percèrent la nuit. Il serra plus fort la menotte de Pépito, ferma les yeux, aspira une grande bolée d'air frais et presque paisible, il siffla avec les enfants.

Le père Capistrano les rejoignit devant la courette du pêcheur.

- Allez, allez mauvaise troupe ! Dépêchons-nous, il se fait tard Boff... déposez tout ce fourbi et vite... à la soupe. Je vous attends tous demain matin à huit heures dans la cour de l'école... Boff... Et gare aux retardataires. Tu m'as compris Poldock ?

- Ouais, ouais ! Brailla celui-ci. Puis, griffant le sol avec la pointe du harpon, il s'éloigna en jetant un regard torve vers le curé.

Dès qu'ils eurent rangés le matériel, les enfants vinrent en courant serrer la main d'Ezéchiel et après un « bonn'nuit m'ssieu l'curé » des plus chantant, ils s'éparpillèrent en piaillant comme une volée de moineaux.

Seul Pépito tirait encore sur le ciré du pêcheur.

– Zéchiel ! Zéchiel ! murmura-t-il en lui faisant signe de se baisser.

Lorsque la joue barbue fut près de la sienne, il l'embrassa et lui dit : « T'en fais pas Zéchiel, tu vas le r'trouver ton Stéfano. »

Avant que le pêcheur n'ait réagi, le bambin avait déjà traversé la ruelle et s'était engouffré sous le porche de sa maisonnette. Sa silhouette, un instant, se découpa dans la lumière de l'entrée... un petit geste affectueux de la main et la porte en se refermant rendit au vieil homme sa solitude.

« T'en fais pas Zéchiel, tu vas le r'trouver ton Stéfano. » répéta celui-ci lentement. Il était bouleversé car c'était la première phrase d'encouragement qu'il recevait... et ce, de la part d'un marmot qu'il connaissait à peine.

– Viens jusqu'au presbytère. Il y a à boire et à manger. Je crois même savoir qu'une savoureuse potée mijote sur le coin du feu... Boff... Tu retrouveras ta garçonnière, proposa le père Capistrano. Ça fait si longtemps... si longtemps que tu ne passes plus me voir, ajouta-t-il avec nostalgie.

– Non, merci padre, avant l'aurore j'aurai fait provision chez Gépetto et je serai au large. Je veux retrouver Stéfano même si je dois y passer le restant de mes jours. Mais j'ai mon idée. Je sais ou il se trouve maintenant.

– Fais comme tu l'entends mon fils. Ouff... mais sois prudent, je ne voudrais pas te perdre car tu sais combien tu m'es cher. Boff... je prierai chaque jour pour que tu nous le ramène sain et sauf.

Le gros homme ressentait toute la peine contenue d'Ezéchiel. Il n'arrivait pas à s'en éloigner. Il fit deux pas... Trois pas ... Il hésita... Puis se retourna.

- Tu es sûr ? Tu n'as vraiment besoin de rien ? Dit-il en triturant l'un des derniers boutons de sa soutane.

- Mais non ! Mais non padre ! Bonne nuit et rentre chez toi.

- Bon... Et bien... Euh... Bue... Buenas noches Ezéchiel.

- C'est ça, c'est ça !... Adios padre, adios. Puis tournant les talons, le coffre toujours sur les épaules, le pêcheur se dirigea vers la remise qui lui servait de gîte.

Depuis le drame de ses douze ans il avait clôturé tout son terrain afin de conserver intact les lieux. C'était sa pénitence.

Arbrisseaux sauvages, ronces et chiendent avaient recouvert les décombres de la maison des Portorosa. Mais son père était toujours là, sous les restes calcinés de la charpente. Et puis et puis... était-il vraiment mort ?

Il s'attendait à le voir surgir devant lui chaque fois qu'il traversait cet endroit. La lune qui scintillait, toute blanche, toute ronde, dessinait des ombres étranges.

Comme d'habitude il pressa le pas.

La porte était ouverte. Une douce chaleur l'accueillit. Les enfants avaient allumé l'âtre et placé ses affaires dans un coin de la pièce. Il y déposa le coffre et s'affala sur l'un des deux grabats. Les recherches s'étaient avérées éprouvantes. Péniblement il tenta de recouvrer son calme.

Chapitre 9

Il était plus de vingt deux heures lorsqu'il émergea de sa torpeur.

- Je suis complètement moulu. Pas terrible la forme ces temps-ci, songea-t-il en se redressant. Quand Stéfano sera là je me reposerai. Satané carcasse tu n'es plus bonne à grand chose.

Son coeur lui faisait moins mal.

Plusieurs tentatives pour allumer la lampe-tempête le firent jurer. Finalement, il enflamma la grosse bougie de cire rouge qu'il plaça au centre de la table. Traînant les pieds il se dirigea vers un cuvier de bois qui se trouvait sous la gouttière. Il écopa l'eau du dessus et but à pleines mains de grandes lampées d'eau fraîche.

Un quart d'heure plus tard il arrivait devant le magasin de Gépetto. Une lumière tamisée dansait derrière les rideaux de l'étage. Il frappa à la porte pour se faire ouvrir. Après quelques politesses d'usage Ezéchiel rempli ses deux musettes de provision.

- A rajouter à ma note... Si tu le veux bien, dit-il.

- Ne t'en fais pas pour ça. Je sais que tu as des soucis en ce moment... et aussi de la peine, répondit Gépetto.

- Confiance Gep. Je te paierai la prochaine fois. Promis ! Juré !

- Va tranquille et ramène-nous Stéfano, c'est plus important que quelques pesos ajouta l'épicier en le poussant vers l'arrière-boutique. Après avoir vidé plusieurs verres de l'amitié, ils se séparèrent le feu aux joues.

Le pêcheur poussait sa porte lorsqu'une voix basse chuchota depuis la rue.

– Ezéchiel ! Ezéchiel !

– Oh... Le pot de colle ! Qu'est-ce qu'il me veut encore ? Ouais ! rétorqua le pêcheur sur un ton agressif.

Il eut le temps de ranger ses provisions avant que le curé n'apparaisse.

– C'est moi ! C'est moi ! Capistrano ! J'étais à passer par là, alors... Euh, j'en ai profité pour t'apporter la potée. Boff... Tiens ! Il y en a trop pour moi seul, ajouta-t-il sans le moindre repentir pour ce petit mensonge.

Ezéchiel s'avança et de toute sa stature bloqua l'entrée de la cabane.

– Allez ! Ne fais pas le gamin. Pousses-toi de là que je rentre. Boff... Par tous les diables tu ne vois pas que je me brûle ! Grogna le père Capistrano en forçant le passage.

Il posa la marmite fumante sur la table. Des effluves de viande mitonnée se répandirent aussitôt dans la pièce. Béant deux narines hirsutes, Ezéchiel malgré lui huma bruyamment.

– Alors, qu'en dis-tu bougon ? Approche ton nez ! Boff... N'hésites pas et sens-moi ça de plus près, jubila le vieux prêtre en soulevant le couvercle de fonte. C'est du nanan à se faire damner sans coup férir, poursuivit-il. Boff... Et à Dieu va... si un ou deux mea-culpa ne suffisent pas pour absoudre ce péché de gourmandise, Boff... tant pis ! J'irai croupir en enfer avec toi.

– En enfer ? En enfer ? Comment sais-tu que j'irai en enfer, interrogea Ezéchiel subitement inquiet.

– Ne te fais pas de souci pour ça. Ne dit-on pas : « A tout péché miséricorde. » dit le bon curé. Et puis, et puis je suis là, Boff... Je plaiderai ta cause.

L'odeur de la potée ramenait peu à peu notre homme à de

meilleurs sentiments.

– Ce n'est pas parce que... Euh... parce que je savonne ton patron de temps à autre que je ne l'aime pas, marmonna le pêcheur de plus en plus alléché par cette potée qui exhalait un fumet ensorcelant. Mais... Euh... y'a des trucs qui me gênent dans votre religion, euh... Je di.....

– Holà ! Holà ! Ou vas-tu ? Point de blasphèmes ni de discussions liturgiques ce soir, ordonna le père en salivant comme un jeune dogue. Et sur un ton solennel il ajouta : « Il serait sacrilège de laisser refroidir une telle nourriture. N'est-ce pas ? » La commissure de ses lèvres s'était emperlée d'un duvet mousseux qu'il effaça d'un coup de langue.

– Je croyais que tu passais seulement ? dit Ezéchiel, mi-figue mi-raisin.

– C'est vrai. C'est vrai. Boff... Mais à bien réfléchir j'ai quelques scrupules à t'abandonner. Boff... Ne suis-je pas ton père adoptif ? Aussi j'ai le devoir de t'assister dans les bons et mauvais moments de ton existence. Et là, crois-moi mon fils, on va passer un bon moment.

Puis reculant d'un pas, il réitéra à sa façon l'offrande sacramentelle de la Cène.

Avec des gestes lents sous un regard faussement benoît, il tira d'une sacoche pendue sous son poncho deux bouteilles de vin rouge, un flacon de vieille eau de vie, un quignon de gros pain noir et un fromage fait à coeur et parfumé à souhait. De quoi vous réveiller un mort. Mais chut ! Evitons ce sujet. Ce n'est ni l'endroit, ni l'instant. La journée finit bien.

– Et maintenant que fait-on ? demanda Capistrano innocemment. On se la mange cette potée ?

Le couvert fut rapidement disposé autour de la chandelle. Puis avec une jouissance à faire froncer les sourcils du Tout-Puissant, nos deux ripailleurs s'attablèrent.

Quelle festin mes aïeux ! Pour un repas... Que dis-je ? Pour une bouffe... oui pour une bouffe, ça en fut une sacrée.

Tout y passa. Tout ! Agrémenté de souvenirs libertins, de chants bachiques, de propos lestes et de commérages souvent allusifs.

Le vin aidant, ils pouvaient même entrevoir, surgissant des coins d'ombres, les vierges du village exécutant la danse des bacchantes « Evoé ! Evoé ! »

Et oui... les bougresses !

Ce fut le père Capistrano qui « chanceli-chancelo » étendit son compagnon de ribote sur l'un des lits. Puis soufflant la calbombe il s'éclipsa en rasant le mur des maisons du village.

Mon Dieu, mon Dieu... que le chemin du retour fut sinueux.

- Boff...Ouq'c'est qui... qui z'ont mis la serrure ? Fulminait-il en heurtant de sa grosse clef la porte du presbytère.

Quant à Ezéchiel il était en pleine mer, ballotté par une tempête de force sept ou huit. S'agrippant au matelas, il se retourna avec difficulté. Il entrouvrit un oeil en direction de son chevet et balbutia quelques mots à l'encontre d'une coupe remplie de sable d'ou émergeait une minuscule croix de bois. « Bah, tu vois Nes... Nestor. J'suis paf... mais alors complètement paf... Hasta mañana amigo... » Et il s'endormit du sommeil du juste.

Chapitre 10

Il était encore tôt lorsqu'Ezéchiel s'agita. Ses paupières lui semblèrent de plomb. Il venait de dormir quatre heures.

- Oh là là ! Tu parles d'une soirée mon bonhomme, grommela-t-il.

Il écarquilla les yeux pour percer l'ombre environnante. Une douleur atroce lui vrillait les tempes. Péniblement il rassembla ses idées et se leva.

Plusieurs minutes s'écoulèrent avant que la bougie ne brasille une lueur blafarde.

- Mille sabords ! Il y a bien longtemps que j'ai eu un pareil coup de vent dans les voiles. Et Capistrano ? Qu'est-il devenu celui-là ? Songea-t-il en cherchant autour de lui une soutane endormie.

- Pouah ! J'ai la langue aussi rêche qu'une vieille serpillière continua-t-il de soliloquer.

Il avala un restant de thé froid qui croupissait au fond d'une gargoulette et du seuil de sa porte, il se soulagea dans le noir.

- A aahh... Saperlipopette, que ça fait du bien... Que ça fait du bien...

Le crépitement de l'urine qui éclaboussait ses pieds nus libéra du fond de sa mémoire un souvenir des plus égrillards.

C'était l'année passée. Les deux compères avaient décidé de s'offrir un « méga gueuleton » à l'occasion de la fameuse prise de « Capistrano II » comme ils disaient... L'une des plus belles baleines blanches jamais capturé à l'île de la Soledad. Deux jours et une nuit de lutte ininterrompue avant que n'arrive la « Miña » pour terminer la pêche. Mais un froufroutant contretemps obligea Stéfano à abandonner son compagnon. Celui-ci bon prince ne lui en tint nullement rigueur mais ne changea point pour autant ses intentions.

C'est donc seul qu'il s'était installé devant une table au restaurant de « La Corne d'Abondance ».

Felipe Coronado, le propriétaire des lieux, l'avait accueilli avec empressement. Une amitié de toujours les liait depuis leur plus tendre enfance. Il s'occupa donc personnellement d'Ezéchiel. C'était aussi l'un de ses plus anciens fournisseurs de poissons qui lui faisait l'honneur de sa table.

- Tu me donnes ce que tu as de meilleurs. De plus savoureux amigo. Aujourd'hui je suis le roi d'Alcobaçao. J'ai l'escarcelle pleine d'écus, s'exclama le pêcheur d'une voix joviale.

Les clients qui connaissaient le personnage s'attendaient à quelques frasques de sa part. Le repas ne devrait pas être triste.

Les mets les plus délicats lui furent servis avec prodigalité. Felipe se réjouissait des réflexions hautes en couleur que lui dispensait Ezéchiel à chaque bouchée, à chaque lampée.

« Quel civet, mes aïeux ! Regarde-moi ce râble. Aussi charnu que celui qui gigote entre les bras de Stéfano à cette heure. »

« Tes pets-de-nonnes, Felipe ! C'est quelque chose de divin. Humm !... »

« Ah, ce vin... ça te glisse tout le long du gosier comme un petit Jésus en culotte de velours. »

Jusqu'à la fin du déjeuner les compliments encensèrent le restaurateur.

Heureux, ils partagèrent le digestif.

L'estomac alourdi par ce plantureux festin, l'esprit embrumé par un Mendoza de derrière les fagots, Ezéchiel se sentait d'humeur bonace. L'accolade du départ ayant été légèrement titubante, il décida de s'octroyer une promenade digestive avant de rejoindre Stéfano à « l'auberge du bout ».

« Surtout que ce dévergondé doit être encore occupé avec la belle Océola » pensa-t-il.

Sitôt franchi la porte du restaurant, l'orbe éclatant du soleil lui explosa en pleine trogne. Il vacilla. Cligna des paupières. Frotta son visage rubicond. Puis reprenant son équilibre il se dirigea doucettement vers le jardin public sous le regard jovial de Felipe.

Bien que le trajet fût de courte durée, sa chemise lui collait à la peau lorsqu'il se faufila sous les ombrages feuillus des arbres centenaires.

Sans vergogne, il traversait les zones engazonnées et interdites, foulant les parterres de fleurs sous les yeux mi-ébahis, mi-goguenards d'une bande de drôles en quête d'aventures.

Autour de lui, l'air en suspens se parfumait des exhalaisons de violettes qui montaient du sol à chacun de ses pas.

Et ce ne sont ni les rictus dédaigneux coincés sur les lèvres fanées des arrogantes en veuvage, ni les regards mellifues des bigotes en mal de mâles qui pouvaient altérer son trop plein de jovialité.

Bien au contraire...

Et face à toutes ces mines chafouines, il esquissa un pas de danse si érotiques que ces dames aux culs guindés abandonnèrent leur banc avec des petits cris de rosières en danger. Puis se plantant au milieu d'un massif d'hortensias bleus, il entama un chant salace que Stéfano avait ramené de son Université et qu'ils chantaient en duo les soirs de fêtes.

Sa voix s'amplifia rapidement.

D'un geste large, il invita la ribambelle d'admirateurs à se joindre à lui. Et le refrain, lancé à tue-tête puis repris en coeur par les gamins qui maintenant lui faisait cortège, monta et tonna sous la voûte d'un superbe flamboyant à la toison de feu.

« De profundis, morpionibus... Tra la la, lala, la la... la la... la la la laa... a ! ».

Unique !... Incomparable !... Indescriptible !...

Le curé n'était jamais parvenu à les faire chanter avec autant d'enthousiasme pendant l'office. Et pourtant c'était aussi du latin.

Cette joie adolescente, pétulante, se ternit rapidement sous les cris des mères indignées qui mirent en fuite la horde de mécréants en culottes courtes. Mais ce jour-là, les vertueuses avaient la langue pointue... trop pointue au goût d'Ezéchiel.

« Pensez donc, disait l'une d'entre elles, ce ribaud n'a rien d'autre à leur apprendre... que c'en est une honte. »

« Pour sûr... depuis le temps que je le dis et que je le répète... c'est un débauché de la pire espèce... un suppôt du diable... un fornicateur d'impies... Que Dieu, dans sa bonté divine m'en protège » renchérit une autre avec dans ses yeux flétris... comme une lueur étrange qui ressemblait à du regret.

« Et pis ces galapiats retiennent mieux ces cochoncetés-là que leur catéchisme » continua d'une voix fielleuse la femme du sacristain.

Et patati et patata, tel père, tel fils... et repatati et repatata.

Pour museler la sévère mercuriale qui prenait des allures de turlutaine, Ezéchiel déboutonna tranquillement son pantalon et... par devant ces faraudes éberluées, il urina haut et droit.

Ce fut alors un sauve-qui-peut général des plus spectaculaires.

Des « Ô Doux Jésus, ayez pitié d'un pauvre pêcheur. »

Des « Sainte Marie, mère de Dieu, priez pour lui. »

Des « Alléluias » à n'en plus finir accompagnèrent les outragées jusqu'à la sacristie. Non sans des regards furtifs vers le jet d'or qui s'arrondissait et crépitait sur les graviers de l'allée au rythme des soubresauts d'un rire inextinguible.

Le père Capistrano en aura les oreilles rebattues à confesse. Il devra admonester Ezéchiel afin de sauvegarder les vertus et les grands principes d'une saine éducation. D'autant plus que ce fut lui l'éducateur de cet incorrigible libertin.

Mais pensez-vous qu'un sermon put l'assagir ?

Que nenni !

Depuis la tragédie de ses douze ans Ezéchiel craignait toujours Dieu mais de moins en moins ses fidèles. Et ses facéties auraient donné une extinction de voix au bon curé d'Alcobaçao si celui-ci avait dû le sermonner à chacune d'elles.

Chapitre 11

Durant cette rêvasserie il était resté planté là... immmobile, face à la nuit pâlissante.

- Bonjour Ezéchiel, lança une voix claironnante.

Le pêcheur sursauta. Il se rajusta promptement.

- Tu prends l'air ou tu poses pour les anges ? Ironisa Poldock.

- Qu... Quoi ?... Qu'est-ce que tu viens faire par ici à cette heure ? Espèce de malotru ! Brailla le vieil homme en s'énervant sur un bouton récalcitrant.

- Oh... Oh !... te fâches pas Ezéchiel. Je suis venu te donner un coup de main pour transporter tout ton matériel. Et pis ça fait plus de dix minutes que je poireaute au coin de ta cour en attendant que tu en aies fini avec ta vessie. Fallait bien que je bouge avant que tu n'attrapes un mauvais rhume... Non ?

- Ça va, ça va avec tes plaisanteries douteuses, reprit le pêcheur. Tu aurais quand même pu t'annoncer en sifflant « A la claire fontaine » ... Tu connais ? Et cela aurait été de circonstance. On ne débarque pas chez les gens comme ça en pleine nuit.

- Bein triple zut ! Elle est raide celle-là. Je pousse la carriole de Tivio depuis la mairie pour t'aider. Même que cui-là y doit pas connaître la graisse pass'qu'elle en fait un de ces raffuts ! J'ai cru que j'allais réveiller tout le monde. Jusqu'aux clébards qu'ont pas arrêtés d'aboyer partout ouq'je passais. Et toi t'as rien entendu ? C'est pas possible. Tu devais avoir une sacrée envie d'arroser les marguerites pour que ça te coince les esgourdes pareillement...

– Et ça ? Qu'est-ce que c'est ? demanda Ezéchiel en découvrant le contenu de la charrette. Et tes parents savent-ils que tu es là ?

– Bien sûr que non. Je suis passé par le grenier avec les deux musettes... la gouttière et hop! Me v'là. Et ça, comme tu dis, c'est d'la bouffe pour en mer. J'ai mis aussi un pot de crème pour ton visage et une bonne bouteille de rouge pour ton moral. Du solide. Du quatorze degrés. Tu trouveras aussi une bonne bouteille de blanc de San Juan au cas où tu rencontrerais une jolie sirène. Et pis ça c'est une flasque de gnôle pour faire la fête quand tu retrouveras Stéfano. T'as vu ? Elle est en argent avec un chouette dessin dessus. C'était à Phil, tu sais, le môme d'Orbiani. Je lui ai gagné au pok-menteur. Depuis y m'bat vachement froid. Paraît que c'est un truc de famille. Il avait qu'à pas la jouer. Bon... si tu peux tu me la ramènes, je lui redonnerai. Dans cette boîte, y'a des lignes et des gros hameçons. Là, c'est deux couvrantes pour toi et Stéfano quand vous aurez frisquette. Tiens, prends ça aussi c'est du café chaud, mais y'a pas de sucre. Je l'ai piqué à Zacharie pendant qu'il ouvrait les volets de son auberge. Y va en tirer une tronche le pauv' quand y va pu voir sa cafetière.

Ezéchiel se trouvait très touché par l'affectueuse sollicitude du gamin. Il était loin le temps où l'on s'était ainsi soucié de sa personne. Il avait bien envie d'accepter toutes ses offrandes. Surtout qu'elles lui seraient utiles pour le périple qu'il envisageait. Mais il fallait rechigner un peu. Ne serait-ce que pour la forme. Bien que... Bien que lui et les convenances n'avaient jamais fait bon ménage.

Il hocha lentement la tête de droite à gauche, plissa les yeux jusqu'à les fermer et au bout d'un instant il déclara.

« Je ne peux pas accepter tout ça. Tu es un gentil garçon mais que dira ton père lorsqu'il s'apercevra de tout ce chapardage ? »

- Quoi ? Ah bah là, alors ! Tu m'la coupes. Tu crois que j'ai fauché tout ça ? Eh bein toi aussi t'es comme les aut' finalement, lâcha Poldock soudain sur la défensive. Mais dis ? T'as rien compris. T'as vraiment rien compris. Si je t'ai apporté toutes ces provisions c'est bien pass'que c'est toi que j'aime le plus de tout le village, bégaya-t-il le visage défait par la fureur.

Il balança un grand coup de pied dans la carriole, puis les mains enfoncées dans les poches de sa culotte courte, il s'éloigna en pestant après les adultes.

Ezéchiel se trouva abasourdi par cette déclaration toute crue. C'était la première fois de son existence qu'on lui disait l'aimer.

- Je n'ai pas voulu te vexer. Reviens ! s'écria-t-il.

Il posa la cafetière à terre et s'élança à la poursuite du gamin. Il le rattrapa près de la clôture. Massouf, le gros chien de Pépito, aboyait furieusement dans le jardinet d'en face.

- Pardonne-moi Poldock. J'ai fait une bourde. Tu sais, je n'ai pas toute ma tête en ce moment. Allez, viens donc. Ne fais pas la bête. Retournons à la cabane. Tiens, mouche ton nez, dit le pêcheur en lui tendant un carré de tissu dont il n'avait, certes, plus souvenance du dernier lessivage.

Poldock le fixa intensément, droit dans les yeux. Les éclairs féroces qui fulguraient dans son regard s'évanouirent peu à peu. Il fronça les sourcils et s'empara du mouchoir. Un regain de rage le lui fit déchirer en deux morceaux. Dans l'un, il essuya une larme qui tentait de déborder d'une de ses paupières. Dans l'autre, il se moucha bruyamment et avec un geste de dépit le jeta entre les pieds nus d'Ezéchiel.

Le vieil homme le ramassa sans dire le moindre mot et lui aussi essuya ses yeux. Il venait de blesser cet enfant comme Pinto l'avait si souvent blessé. Il se sentait perdu ne sachant que faire quand soudain Poldock se précipita contre lui.

- Crois-moi... Je te le jure, j'ai tout payé avec mes sous. J'ai tout payé. Tu demanderas à Gepetto. Tout, sauf... sauf le café.

Le vieux lui remonta le menton. Ils se regardèrent un instant et partirent tous deux d'un immense éclat de rire. Massouf en eut le souffle coupé. On ne l'entendit plus.

Installés autour de la table encore investie des vestiges de la veille et d'une chiffonnade qui traînait depuis longtemps, ils burent en silence une bonne moitié du contenu de la cafetière. De la porte restée entrouverte on apercevait les étoiles qui s'évanouissaient dans le ciel sans nuage.

- On aura une belle journée, dit le pêcheur. Et je vais profiter de la brise de terre pour filer tôt.

- Combien de temps penses-tu être parti ? demanda l'enfant.

- Ça bonhomme... seul le diable pourrait te le dire. Par contre, ce que je peux t'affirmer, c'est... c'est qu'avant que ne se flétrissent les magnolias le vieux Ezéchiel et son pote Stéfano auront déjà quelques blondes derrière la cravate et... et le Zacharie aura intérêt à la boucler.

Tu es certain que tu vas le retrouver ? Continua Poldock.

Comment ça ? Bien sûr que je vais le retrouver... ça ne fait pas l'ombre d'un doute. Je sais qu'il est làbas, au fin fond de la mer des Tourmentes.

Ah ! Je m'en doutais. Je savais que c'est là que t'irais. Mon père y dit, quand on va bourlinguer sur la mer des Tourmentes on n'en revient jamais.

Dis-moi ! Tu ne crois pas que ton père radote un peu ? Qu'est-ce qu'il en sait lui ? Il ne peut même pas mettre un pied dans une bassine d'eau sans avoir le mal de mer. Tout ça Poldock c'est des histoires de bonnes femmes.

Peutêtre bien mais les trois rouquins eux, ils radotent pu... perdus bel et bien en voulant s'y frotter, reprit le gamin.

- La mer moussaillon, c'est comme une jouvencelle. Faut l'aborder en douceur. Et puis elle a ses moments aussi. Les frères Amalfi s'y sont aventurés en pleine saison des foudres... pure folie. Il faut la connaître et la respecter. Tu me vois, moi?

Bein oui, je te vois. Je n'suis pas miro, répondit le gamin un peu contrarié de la remarque que le pêcheur avait fait au sujet de son père.

Sache que la mer des Tourmentes, je l'ai déjà possédé deux fois. Elle aime ça la gueuse autrement elle ne m'aurait pas épargné. Alors, jamais deux sans trois. Pas vrai ?

Ouais. Mais fais gaffe quand même. Et Stéfano ? C'était pourtant un sacré marin.

C'était... c'était... Mais tu ne m'écoutes pas quand je te parle Poldock !... Je te répète qu'il n'est pas mort.

T'as raison, t'as raison... ça m'a échappé.

Tu parles si j'ai raison. Je le connais le bougre. Je suis persuadé qu'il se sera endormi en rêvant qu'il était avec une drôlesse. Alors un mauvais vent l'aura déporté vers la mer des Tourmentes.

Ou un mastoc de rorqual... balèze comme la mère Santos, quand elle était grosse de ses triplés, ajouta le gamin.

C'est bien possible. Mes plus belles prises m'ont été offertes dans ces eaux-là. Alors dépêchons nous avant que ce mastoc de rorqual, comme tu dis, ne l'emmène fichtrement loin.

« Vite, direction la Désirade. Les pêcheurs ne vont pas tarder à rappliquer et je ne veux pas les voir ».

Chapitre 12

Six heures sonnaient à l'antique pendule lorsqu' Ezéchiel, l'enfant et la carriole s'enfoncèrent dans la pénombre pâlissante.

Poldock s'était chargé du harpon et de la gaffe. Un vieux fusil à pierre et une sacoche d'écolier contenant des appâts se balançaient dans son dos.

Ils s'engagèrent sur le chemin de la grève.

La carriole alourdie par deux tonnelets d'eau, une bonbonne de clairet, une trentaine de fusées, le matériel de pêche avec quelques outils, les couvertures et deux énormes cabas de victuailles s'ensabla jusqu'à mi-roue.

Les rugissements du vieux marin et le couinement de la roue effarouchèrent les grands courlis qui couraient dans les lèches de l'océan.

Unissant leurs efforts, l'homme et l'enfant parvinrent enfin auprès de l'embarcation.

Un halo lumineux amarré audessus de la coque stoppa net leur progression.

Holà du bateau ! Y'a quelqu'un à bord ? Répondez avant que je ne me fâche, gronda Ezéchiel.

Poldock, insensiblement s'était rapproché de son ami. Il serrait fortement le harpon prêt à frapper l'horrible créature qui devrait en surgir d'un instant à l'autre. Des incantations incompréhensibles, entrecoupées d'une toux sèche, bourdonnaient du ventre de la barque.

— Allez, sortez ! On vous f'ra pas d' mal, chevrota le gamin.

Une forme imprécise se matérialisa à l'endroit de la barre, et la flammerole trémulante d'une chandelle posa sa lueur rose sur le visage blèche de la Jordane.

— Pas fini ce tintamarre, bande de chenapans ! On se croirait à la criée avant l'heure. Approchez donc. Bouges-toi grand corniaud, soufflatelle à l'adresse d'Ezéchiel. Il ne va pas me dire que je lui fais peur, manquerait plus que ça.

La vieille femme, pliée en deux sur le rebord de la barque, continuait de les apostropher tout en les reluquant pardessus ses lunettes. Son bras tendu dans le vide brandissait un bougeoir vermeil que le vent éteignit d'une taloche.

— Et toi, Poldock, que faistu avec ce harpon sous mon nez ? C'est qu'il serait bien capable de m'embrocher comme un poulet à la fête de la SaintAmour, ce galapiat.

Un instant surpris... le pêcheur se ressaisit.

— Il est bien tôt la Jordane. Pourquoi n'êtesvous pas dans votre lit?... L´endroit ne se prête guère pour folichonner.

— Espèce de malappris, de mécréant qui ne respecte ni Dieu, ni personne. Ne me fais pas regretter d'être venue. Viens plutôt me sortir de ta barcasse.

Ezéchiel la saisit à pleines mains et la déposa sur le sable.

Elle était légère et pointue.

— Vastu me baisser cette pique de malheur, oui ou non, ditelle à Poldock qui était resté en position de combat.

— Tout ça ne me dit pas pourquoi tu as élu tes pénates dans mon bateau, reprit Ezéchiel.

La Jordane s'éloigna du harpon pour se traîner jusqu'à la carriole. Assise sur l'un des brancards, elle toussa plusieurs fois avant de poursuivre d'une voix sourde. « Ecoutesmoi bien, fils de Pinto et de Maria Portorosa... Ecoutesmoi bien. »

L'homme et l'enfant, intrigués par son air de conspiratrice, se tassèrent près de la vieille femme. Plus bas, celle-ci continua. « Hier soir, à la tombante, je déposais le tisonnier sur le manteau de la cheminée avec lequel je venais d'aiguillonner le feu, quand une sensation étrange m'envahit. Je me bloquais, écoutant les rumeurs qui montaient de la nuit avancée. Soudain Choucas, l'oiseau noir de la crypte des disparus a frappé à ma vitre. Trois coups brefs. Il le fait chaque fois que mon défunt de jumeau manifeste le besoin de m'entretenir. Je devais, sans perdre un instant, me rendre au cimetière. Ce que je fis illico. J'étais donc à marcher entre les sépultures lorsque la lune se mit à étinceler plus que de coutume. On eût dit qu'elle allait éclater de lumière. Il faisait presque jour autour de moi. Du fond du ciel, l'oiseau noir me fondit dessus en croassant aux éclats. Il me frôla de si près que ses plumes fouettèrent ma joue. Il cria encore puis disparut dans les ombrages du grand cèdre. Instinctivement je m'étais courbée et ce fut en relevant la tête que je l'aperçus, là... à quelques mètres. Sans le moindre bruit je m'approchais du monument funéraire de mon jumeau. Assis sur l'un des coins de sa pierre tombale il m'attendait. Son front enfoui au creux de ses paumes dodelinait doucement. J'étendis un bras vers lui et bien avant que je n'eusse touché son épaule, il se redressa brutalement et croisa mon regard. De ce visage blême, je ne me souviens que du feu de ses prunelles et des reflets de lune qui en affûtaient l'intensité.

- Ah, ma chère Jordane. Tu as entendu l'appel de ton vieux Cornélius. Murmuratil sur un ton monocorde.

Il prit mes mains froides entre les siennes intensément glacées et continua dans un souffle « Je t'ai fait venir pour t'avertir qu'un grand malheur plane sur Stéfano. Retrouve Ezéchiel et dislui que son compagnon de pêche, prisonnier de la mer des Tourmentes, endure une agonie longue et cruelle. Il est le seul marin capable de défier cette funeste bleue. Dislui aussi qu'il lui sera pardonné. Une vie pour une vie, il comprendra »...

La lune redevenue pâle dilua dans les ténèbres retrouvées l'image de Cornélius tandis que sa voix s'évanouissait dans les bruits de l'océan.

Je me suis donc précipitée à ton logis. Et de loin, dans la clarté mouvante d'une bougie, j'y ai vu notre prêtre.

Vautré, face à la porte grande ouverte, il se fourvoyait dans ton libertinage avec délectation, entonnant pichets sur pichets alors que toi « dévoyeur » de curé, tu beuglais des refrains si lubriques que le rouge m'en vient encore aux joues.

Tapie dans l'ombre, j'ai épié votre beuverie jusqu'à ce que le père Capistrano s'en retourne à sa cure. Et dans quel état mes aïeux ! Une abjection ! Une honte sans nom pour tous les fidèles d'Alcobaçao. Dès la prochaine messe, je vais te l'apostropher publiquement pour lui dire son fait. Croismoi, ce disciple de Bacchus va vite rentrer dans le droit chemin.

Pourquoi si peu de tolérance la Jordane ? dit le pêcheur. Les voies du Seigneur ne sontelles point impénétrables ? Et ce n'est pas dans ses habitudes de...

Assez ! Assez ! Taistoi gredin. Toi non plus, tu ne perds rien pour attendre, hurla-t-elle en expectorant sa chique. Poldock, quelque peu intimidé par le récit de la vieille, ramassa la boule de tabac qui avait atterri sur l'une de ses chaussures et le lui rendit avec la plus grande circonspection.

Calmée, elle continua son récit.

Toujours estil que, ne pouvant te transmettre le message de mon frère, vu les circonstances, je me suis réfugiée dans ton rafiot de misère en attendant ton arrivée.

Et si je n'étais pas venu, rétorqua Ezéchiel.

Va ! Je te connais. Et hier soir tu l'as suffisamment répété à ton curé de goguette que tu allais repartir. Même que celuici te bénissait à chaque fois en levant haut son pichet de ginglard, comme un soudard en habit d'ecclésiastique. Et si je ne t'avais pas vu arriver dès les aurores... c'est que tu serais, pour l'heure, raide mort. Emporté par tes intempérances jusqu'aux flammes de l'enfer et cela n'eût été que justice. Mais nul n'ignore que l'ivraie est tenace. C'est pour ça que tu reviendras avec Stéfano. Voilà tout ce que j'avais à te dire, forban. Maintenant, tu peux partir tranquille, j'ai travaillé ta barque pour ce long voyage. Elle vous ramènera sains et saufs. Non, non ! Taistoi, et prie pour que les eaux qui charroient le corps de Vicente, mon défunt homme, te soient propices et que le vent du large te pousse vers Stéfano.

Après s'être raclé la gorge une dernière fois, la Jordane s'emmitoufla dans son châle noir.

Toi petiot, ditelle en mâchonnant à nouveau sa chique, ne sois jamais marin pêcheur si tu ne veux pas faire mourir de chagrin tous ceux qui t'aiment.

Elle se redressa et dans un geste discret bénit l'homme et son embarcation. Puis, sans se retourner, elle s'en alla trottemenu en marmottant d'autres incantations.

Impressionnés par le comportement et les déclarations de la vieille femme, Ezéchiel et Poldock restèrent silencieux. Ils rangèrent les provisions, préparèrent la voilure et soulevant l'étrave de la barque, la firent glisser dans l'eau.

L'esquif dansait sur les vagues, étalant sur la longueur de son étrave le nom si évocateur que lui avait choisi Ezéchiel « Il y a longtemps que je t'aime. »

Petite phrase troublante que l'on reçoit en la lisant ou que l'on donne en la prononçant.

49

Bon vent, Ezéchiel.

Merci Poldock, j'en aurai grand besoin.

Retrouve vite la suite de ta chanson, dit l'enfant d'une voix basse.

Je te le promets, répondit le pêcheur.

C'est que Stéfano, pour lui prouver son attachement, avait baptisé son bateau « Jamais je ne t'oublierai ».

Et chaque soir lorsqu'ils rentraient et qu'ils amenaient la voile ainsi que l'on couche les couleurs, ils chantaient cette complainte comme on chante un cantique, comme on dit une prière. « A la claire fontaine, m'en allant promener, j'ai trouvé l'eau si belle... »

C'était le chaînon indestructible qui les reliait depuis qu'ils pêchaient ensemble et qui leur procurait la force de se sublimer dans les moments difficiles « Chante rossignol chante, toi qui a le coeur gai, tu as le coeur à rire, moi je l'ai à pleurer... Il y a longtemps que je t'aime, jamais je ne t'oublierai... »

Complainte de leur mélancolie. Hymne de leur joie... toujours accroché aux lèvres de ces deux compères de l'île de la Soledad.

Ezéchiel serra Poldock contre sa poitrine et lui murmura à l'oreille « moi aussi je t'aime ».

Puis il se hissa à bord, enfila les rames dans les tolets de bronze et plongeant les pelles dans l'océan, il poussa lentement sur l'une d'elles pour faire virer la barque. Ensuite il amena la voile.

Tu pourras ramener la charrette ? S'inquiéta le vieux pêcheur... et ne t'en fais pas trop pour l'école... ton curé risque d'être un peu vaseux ce matin.

L'enfant ne broncha pas. Le coeur gros il agitait en signe d'au revoir sa moitié de mouchoir.

Que Dieu te protège, murmura Poldock en reniflant bien fort. Il le regarda s'éloigner sans bouger.

Lorsqu' Ezéchiel s'estompa dans les vapeurs roses du matin

l'enfant essuya ses yeux puis, empoignant la carriole grinçante, il s'en retourna au village d'un pas lent. Dès que le couinement se fut dissipé les grands courlis se remirent à courir sur le sable mouillé.

Chapitre 13

P assé la pointe des Frégates, Ezéchiel se dirigea vers la pleine mer, en direction de Maria, sa bonne étoile. Il l'avait baptisée du prénom de sa mère car elle semblait constamment le protéger. Elle lui apparaissait chaque fois qu'il était dans le doute... comme cela... tout à coup... émergeant d'un nuage ou transperçant la brume pour lui indiquer le bon sillage.

Sitôt qu'il eut rejoint les hautsfonds, il saisit la barre, la cala sous son aisselle et les yeux fixés loin devant, il entonna sa mélodie.

« A la claire fontaine m'en allant pro..... »

L'aube nacrait d'une clarté délicate l'horizon indécis lorsque la crête du soleil, émergeant de l'infini, embrasa l'océan de ses feux rasants. Dès lors, les touches ombrées de l'aurore s'évanouirent et l'astre triomphant se dégagea de sa gangue nocturne avec force. Puis radieux, il escalada l'azur devenu limpide.

« ..... chante rossignol chante, toi qui as le coeur gai. Tu as le coeur à rire, moi je l'ai à pleurer... Il y a longtemps... »

Sa voix rauque se mêlait au vent de la terre qui soufflait toujours. Les voiles joufflues chuintaient allègrement et la barque filait bon train dessinant une houaiche parfaite.

En fin de matinée, Ezéchiel croisait sur les lieux habituels de leur pêche.

Et maintenant ditil, direction nordest. Comme le dit Poldock, le « Jamais je ne t'oublierai » aura été entraîné par un rorqual récalcitrant jusqu'au fin fond de l'horizon.

Se fiant à sa vieille expérience le pêcheur prit son cap sur le soleil.

A moi de jouer, marmonnatil.

Il savait qu'il devait aller loin... très loin. Certainement jusqu'aux îles de l'archipel des Perfides...perdues tout làbas, dans cette partie de l'océan Atlantique que l'on appelle « la mer des Tourmentes ». Mais il était prêt. Il avait mis tous les atouts de son côté. Il sortit d'une des poches de sa vareuse un superbe chapelet fait de grains de larmesduChrist. Le père Capistrano le lui avait offert le soir du drame lorsqu'ils se retrouvèrent devant les cendres de Pinto.

Dismoi chapelet ? Si je t'ai sorti du foutoir ou tu croupissais c'est que j'ai besoin de ton aide. Et cette fois j'espère que tu me porteras plus de chance que le jour de ma première communion. T'en souviens-tu ?...

Juste avant de pénétrer dans l'église ce mécréant de Judoc m'avait balancé une motte de terre bien grasse. Nous nous étions chamaillés auparavant pour le partage d'une cigarette. Les moitiés n'étaient pas de vrais moitiés parait-il. Mon aube était bardée de boue. Durant la procession j'ai dû défiler ainsi sous les regards réprobateurs des paroissiens. Mais je me souviens surtout des yeux ahuris du père Capistrano lors de la célébration de l'Eucharistie. L'hostie est restée en suspend plusieurs secondes avant qu'il ne me la dépose sur la langue.

Je ne te parle pas de l'engueulade que j'ai reçu après la messe ni de la rossée que j'ai administré à Judoc.

Je sais qu'aujourd'hui, il ne me l'a pas encore pardonné.

Bon, je t'accroche au mât et tu me mènes droit sur Stéfano... d'accord ? Mais méfiestoi chapelet, si tu te goures je te fous à la flotte, et celle-là, elle n'est pas bénite.

L'aprèsmidi était bien avancé lorsqu'il décida de s'octroyer un instant de répit.

La côte qui depuis longtemps s'était fondue dans l'horizon... ne laissait que de l'eau... que de l'eau autour de la barque... et le ciel indigo pardessus.

Un bon coup de clairet... rien de tel pour maintenir le moral au beau fixe, se dit Ezéchiel.

Sitôt dit, sitôt fait.

Il remplit le gobelet de bois enchaîné à l'un des tonnelets et c'est en glougloutant qu'une partie du contenu de la bonbonne changea de contenant. Le vin lui flattait les papilles, lui caressait le gosier. Il clappa de la langue avec le plaisir du connaisseur et le gobelet fit plusieurs allers-retours.

Durant plus de quarante huit heures l'embarcation vent en poupe vogua sur une mer d'huile.

Au troisième jour plusieurs centaines de dauphins bleus apparurent et accompagnèrent le « Il y a longtemps que je t'aime » durant tout l'après-midi. Ils glissaient sur les vagues à perte de vue, bondissaient, tournoyait au-dessus des eaux bleus offrant un spectacle grandiose. L'éclat métallique de leurs corps fuselés mitraillait l'azur de mille feux d'argent. Certains encadraient la barque comme pour l'encourager dans sa progression tandis que d'autres se frottaient à sa coque en guise de bienvenue.

Le vieux pêcheur ne se lassait jamais des ces ballets magiques que seule la mer peut produire. D'autant plus que cette magnifique revue nautique n'a été contemplée que par un seul spectateur.

Il salua leur départ en entonnant sa chanson fétiche.

Le jour commençait à décliner lorsqu'Ezéchiel franchit la barrière de goémon.

Un souffle brusque lui enleva son couvrechef comme pour l'avertir qu'il violait la frontière des risques et périls. Un instant posé sur l'aile du vent, celui-ci cabriola... virevolta... Le vieil homme allait le récupérer quand la mer d'un coup de langue avala le chapeau de paille.

Fais gaffe, mon pote! Fais gaffe! Pensatil. Maintenant tous les coups sont permis. Eh, mer des Tourmentes! C'est moi, Ezéchiel! Tu ne me reconnais pas? Y 'a trois ans tu as failli me faire boire la tasse par le fond. Tu m'avais happé voracement et j'ai dû nager quatre heures pour rejoindre mon rafiot. Plus j'avançais vers lui, plus tu le poussais vers le large. Mais c'est du passé, je ne t'en veux plus. Tout le monde peut avoir des sautes d'humeur. J'ai confiance en toi, sans cela je ne serais pas revenu. Je vais même profiter de ton aimable accueil pour casser une croûte. Ensuite je traînerai une ligne. Oh, juste histoire de voir ce que tu as dans le ventre.

Pendant qu'il se restaurait, le soleil s'immergea, éclaboussant de ses lumières diaprées le ciel pourpre. Le vent faiblit, puis tomba.

– C'est l'heure de se préparer pour la nuit, pensa Ezéchiel en jetant un oeil suspicieux vers les flots qui s'assombrissaient.

L'embarcation encalminée se balançait mollement.

Les dernières chevelures enflammées du couchant s'estompèrent dans le lointain, et la pénombre, sans l'ombre d'une hésitation, enténébra le ciel et la mer.

Dès que la lanterne fut allumée, d'innombrables poissons volants s'inscrivirent dans le halo lumineux. Traits fulgurants qui fusaient dans un bruissement furtif. Beaucoup churent dans la barque et longtemps... longtemps contrarièrent leur agonie de soubresauts désespérés.

Après qu'il eut posé une ligne à l'eau, Ezéchiel s'installa aux avirons. Puis levant les yeux vers le ciel il interpella son étoile préférée.

Comment ça va làhaut, Maria ? De ton perchoir, ne vois tu pas Stéfano ? Oui, c'est ça... la barre plus à tribord... face à Sainte

Hélène. Là... c'est bon ? Tu es belle ce soir, dis donc. Tu brilles comme un sou neuf. Je sens qu'on va encore passer la nuit ensemble.

Des sentiments indéfinissables l'envahissaient dès qu'elle apparaissait. Chaque nuit ses oeillades vivaces attiraient irrésistiblement le regard du pêcheur. Elles lui rappelaient celles que lui lançaient les jeunes filles du couvent de Capelacchio lorsque adolescent, il s'était décidé à embrassé la prêtrise pour se faire pardonner la mort de son père.

Heureusement pour le ciel, l'Evêque Ambroise pensa qu'il n'était point indispensable que les nonnettes soient initiées aux jeux de l'amour et Ezéchiel se retrouva sur le premier bateau en partance pour Alcobaçao.

Ezéchiel Portorosa prêtre... c'eût été introduire le loup dans la bergerie de Dieu.

Pour l'instant il bavardait, bavardait avec Maria. Leur tête-à-tête pouvait s'éterniser car il interprétait à sa manière le morse qu'elle lui clignotait.

Je sais... je sais ma jolie, la route sera longue et pénible mais ta présence me donnera la force de surmonter toutes les difficultés. Et je suis fin prêt... croismoi. Je peux tenir un bon bout de temps. Puis j'ai mes lignes... on mangera du poisson. Stéfano adore ça. Surtout la dorade. Tu connais la dorade au fenouil ? Un régal... Quoi ? Tu ne connais pas ? Mais faut sortir ma chère. Faut sortir.

Et la recette monta jusqu'au firmament.

« Tu choisis une superbe dorade, fraîche et rebondie à souhait. Après l'avoir déshabillé de ses écailles, vidé de ses entrailles, tu la déposes délicatement dans un plat en terre cuite que tu auras lité d'oignons doux et de coriandre haché fin. Tu jettes une poignée de raisins secs, une grosse noix de beurre et un verre de vin blanc de bonne qualité. Sel, poivre, bien entendu. Tu ajoutes différentes olivettes pour la couleur et tu recouvres l'ensemble de ton fenouil après avoir, auparavant, dégourdi les bulbes dans un blanc pour légumes. Ensuite tu recouvre ton plat avec la palme d'un bananier et tu mets le tout au four durant une quarantaine de minutes. Au moment de servir tu bénis ta dorade du jus d'un fruit de la passion. Crois-moi, manger une dorade au fenouil... c'est à mourir de plaisir. »

Ezéchiel vivait son plat. Sa bouche savourait à vide et il avalait des bouchées d'illusion avec gourmandise.

Mais cette sensation ne dura guère.

Suffit ! La récréation est terminée, finitil par dire. Je ne suis pas venu jusqu'ici pour te faire un cours de cuisine mais pour retrouver Stéfano. Il jeta un regard malicieux vers Maria et tira avec force sur les rames.

Les pelles de bois s'enfoncèrent dans l'eau. La barque trembla puis s'arracha à son immobilité. La ligne se tendit. Un léger frémissement se dessina. Le fil qui miroitait sous la lune coupa en deux la mer des Tourmentes.

Il rama une grande partie de la nuit.

« A la claire fontaine... m'en allant promener... J'ai trouvé l'eau si belle que je m'y suis baigné... »

De temps en temps il interrompait son chant et le front appuyé sur ses avirons... il s'en allait pour un bref voyage au royaume des songes.

Chapitre 14

Au petit matin, une douleur l'aiguillonna sous l'omoplate gauche.

Il chercha une meilleure position. Se redressa. Se cambra. Empoigna les rames par dessous. Mais le mal le taraudait toujours.

Maudite défroque, je vais t'apprendre à renâcler de la sorte ! T'as eu le temps de te reposer pendant ces dernières journées... Alors ça va comme ça... sacré nom !

La souffrance lui sciait la respiration.

Il s'arrêta et ne bougea plus.

L'aube commençait à poindre.

Il s'alimenta copieusement et empoignant son outre il termina ce petit déjeuner par de longues rasades de vin. Histoire d'ouvrir cette journée le cœur léger.

Devant lui, le témoin de la ligne, fixé près du tolet, se mit à s'agiter énergiquement.

« Tiens, nous avons une visite » lança Ezéchiel en saisissant la ligne à pleines mains.

En quelques secondes une superbe bonite se retrouva au fond de la barque. Elle bondissait dans tous les sens. Le pêcheur s'en empara et la décrocha délicatement de l'hameçon. Ensuite il la soupesa et décida de la remettre à l'eau.

« Tu es trop belle pour moi seul. Retourne vers les tiens et sois prudente car la prochaine fois je serais certainement moins magnanime » lui dit-il.

Il la regarda s'enfoncer dans la mer puis il changea l'appât et remit le tout à l'eau.

L'horizon qui s'évanouissait dans les turbulences de la mer des Tourmentes alerta Ezéchiel de l'approche d'un grain.

Le vent se leva rapidement. Les étoiles une à une s'effaçaient.

Le ciel bas charriait des nuages gris qui s'enroulaient avec une célérité inaccoutumée.

- Regarde-moi ça, une vraie débauche en plein air. C'est à celui qui bouffera l'autre. J'espère Maria que tu ne leur serviras pas d'amuse-gueule, clama Ezéchiel au travers d'une plainte qui montait du fond de l'abîme.

Des nuées violacées couraient vers le « Il y a longtemps que je t'aime » lorsque Maria, dans des clignotements intenses, envoya son ultime message.

« Continu Ezéchiel... Tu es sur la bonne voie ».

Un cumulus lourd vint assombrir l'étoile. Celleci se débattit parmi les méandres en folie mais les charges répétées du nuage eurent raison de sa vivacité.

Et soudain la tempête se déchaîna.

Ezéchiel eut à peine le temps d'affaler la voile.

Courant au ras des flots des bourrasques de vent déferlèrent avec furie. Dans leur démesure elles bousculèrent le pêcheur et le balancèrent contre le mât. Le chapelet lui cingla le visage.

Carajo ! Aboya Ezéchiel. Ce n'est pas parce que le ciel a lâché ses coliques qu'il faut me chercher querelle. Et toi...tu fais de l'esbroufe pour m'épater. Encore une fois, je vais te faire voir qui est le patron... foi de marin pêcheur.

Le poing levé, il s'en prenait à la mer des Tourmentes qui grossissait rapidement.

- Ce ne sont pas tes trépignements de colère qui vont m'affoler. J'en ai vu d'autres. Personne ne m'empêchera de retrouver mon pote Stéfano. J'ai promis à Poldock de le ramener vivant et je le ramènerais.

Les yeux chavirés, le teint livide, il posa les deux mains sur le rebord de l'embarcation et rendit son repas.

Panse de femmelette ! Voilà que tu t'y mets aussi ? Ronchonnatil.

Il absorba de l'eau salée afin de se remettre l'estomac à l'endroit puis il endossa son grand ciré noir et rabattit la capuche.

Autour de lui des îlots d'algues surgissaient dans l'écume frémissante. Scalps étranges qui semblaient surfer sur l'échine des vagues démontées.

La houle gonflait de plus en plus et la barque tanguait dangereusement. Un craquement sourd fit vibrer la membrure.

Un tumulte invraisemblable s'était saisi de la mer des Tourmentes. Les entrailles ouvertes, elle rugissait et explosait de toute part sous un ciel en débâcle.

Ezéchiel ne parvenait plus à maintenir son équilibre. Il se traîna jusqu'à la ligne. Le témoin avait disparu. Il s'empara du fil de pêche et l'enroula entre son pouce et le coude.

Le pêcheur s'arc-bouta tout en continuant d'enrouler la ligne. Des filaments longs et poisseux s'infiltrèrent dans sa manche. Il n'y prêta pas attention. Au bout de quelques instants il ressentit une vive brûlure.

- Olà!... Qu'estce que c'est que ça ? Grogna-t-il.

Inquiet il abandonna la ligne à la mer et releva sa manche. Son avant-bras, trempé par la pluie diluvienne, était à vif. Il l'essuya avec un morceau de la voile mais le sel imprégné sur la toile le fit bondir. Il dansa la gigue un bon moment en pestant contre les éléments.

Pendant ce temps un courant d'une force prodigieuse emportait le « Il y a longtemps que je t'aime » vers l'inconnu.

Se précipitant sur la barre, le pêcheur pesa dessus de tout son poids. La barque se mit légèrement de guingois mais n'en continua pas moins sa chevauchée, rivée à la crête d'une longue houle.

Par tous les diables, je croyais qu'on avait fait la paix. Où m'emmènestu ? braillatil. Et ce bras qui me fait un mal fou.

Des lésions s'étaient formées et suintaient sous l'effet des embruns. Il noua son demi mouchoir sur la plaie puis face aux paquets de mer qui le submergeait il tenta en vain de contrôler le « Il y a longtemps que je t'aime. »

Ezéchiel s'épuisa à la barre toute la matinée.

Et ce vent d'orage qui soufflait on ne sait d'où.

Et cette barque qui persistait dans sa folle équipée.

Et le jour qui n'en finissait pas de se lever.

Vers midi le pêcheur put reprendre en main son embarcation. Il bloqua son cap plein nord et profita de cette accalmie pour grignoter des biscuits.

Une pluie lourde continuait de l'inonder et rendait la visibilité nulle. Il était frigorifié.

C'est alors qu'il l'aperçut sous la voile de secours à demi découvert par la tempête.

Tiens ? Un colis tombé du ciel ou oublié par un des mômes ? pensatil.

L'objet était emballé dans un vieux journal protégé par du papier paraffiné et ficelé par un large élastique noir. Un large élastique noir ? Ezéchiel le reconnut instantanément.

La jarretière !

Son coeur se mit à battre plus vite quand il ouvrit le paquet. Un magnifique chandail bleu roi se renfla entre ses mains. Il le déplia. Epinglé sur le col roulé se détachait un petit carton blanc.

Il resta pantois, les bras tendus, le regard fixé sur le bristol. Il hésita longtemps avant de parcourir la fine écriture, encore honteux de la conduite qu'il avait eu à l'égard de la tricoteuse.

A la lecture du message une certaine mélancolie et beaucoup de remords l'accablèrent.

« Fais attention à toi Ezéchiel et reviens vite avec ton voyou de Stéfano. »

Point de signature, mais c'était inutile. La Bastianne avait paraphé de sa jarretière noire.

Il lut et relut la petite phrase pleine de tendresse. Il palpa un instant l'élastique et comme à regret l'enfouit avec le carton au fond de sa poche. Puis il se dénuda, enduisit son avantbras d'une épaisse couche de crème offerte par Poldock et l'enveloppa dans le journal. Ensuite il enfila le chandail à même la peau, remit sa vareuse et le grand ciré. Il se sentit mieux.

La pluie continuait de déverser ses cataractes dans un tumulte assourdissant. Ezéchiel leva son visage hirsute vers la grisaille du ciel et but à pleine bouche des bolées d'eau fraîche. Puis les yeux en vagabondage il se faufila sous la voilure de secours, rampa jusqu'à la poupe et s'appuya contre le plat bord. Il devint morose.

Stéfano... La Bastianne... La Bastianne... Stéfano... ses pensées tournaient en rond.

Et dans cette tourmente qui le houspillait sans relâche, le pêcheur se réfugia dans ses souvenirs. Il remonta le temps jusqu'à la veille de la disparition de son compagnon.

Chapitre 15

Tous les dimanches ils passaient leur fin d'après-midi à
« L'auberge du bout. »
       Une fumée épaisse stagnait dans la salle comble. Le
bruit des conversations roulait de table en table, ponctuée
d'exclamations et de rires gras alors qu'un musicien occasionnel
s'évertuait à jouer quelques notes de tango sur un vieux
bandonéon.

Ezéchiel ! Ezéchiel ! Par ici, je suis là !

Se levant de sa chaise, Stéfano invitait son ami à venir le
rejoindre.

Ils étaient à peine assis que la Bastianne surgit. Elle transportait
une demi-douzaine de bières bien mousseuses. D'un geste large
elle en posa deux sur le guéridon et les propulsa dans leur direction,
façon Western.

Stéfano interrompit la glissade de sa chope tandis qu'Ezéchiel
regarda passer la sienne. Elle s'arrêta tout au bord de la table.
D'une pichenette sournoise il la fit basculer.

Une gerbe blonde éclaboussa le bas du pantalon de ses voisins.

L'étonnement qui s'en suivit fut rompu par la voix retentissante
du pêcheur.

Eh, la Bastiane !... tu te crois au Texas mais tu manques de
métier. Donnesmoi une nouvelle « rôteuse » et à ton compte, bien
entendu.

La serveuse lui lança un regard venimeux. Elle déposa une nouvelle bière devant Ezéchiel et s'occupa de nettoyer les lieux.

Tout autour des yeux moqueurs s'attardèrent sur les rotondités de la serveuse lorsqu'elle se baissa pour ramasser les débris de verre.

Après multiples libations les deux compères ne se sentaient plus de joie. Ils riaient à gorge déployée de tout et de rien. Les effets de l'alcool les transportaient dans les sphères euphoriques d'une ivresse bien avancée.

A chaque passage de la Bastianne ils déballaient leurs polis-sonneries les plus éhontées ou se vantaient de mille hauts-faits donjuanesques

Les clients, agacés par ces deux hâbleurs, leur décochaient des regards chargés de reproches.

Pas de doute, ils devenaient pénibles.

C'est le tenancier qui les rappela à l'ordre.

«Ça suffit les champions de la troisième jambe ! Vous claironnez, vous claironnez ! Baissez d'un ton s'il vous plaît. A vous entendre on croirait que vous êtes les plus beaux, les plus grands, les plus forts. Allez donc vous frotter à la mer des Tourmentes. Pendant ce temps vous ne nous casserez pas les oreilles avec vos élucubrations»

Le musicien, à l'évocation de la mer des Tourmentes, se perdit dans ses notes et cessa de jouer.

La mer des Tourmentes ! La mer des hantises pour tous les pêcheurs de l'île. Combien des leurs, pères, fils, compagnons sans compter leurs ancêtres roulent leurs corps dans les eaux de cette mer du diable ? Seule la crypte des disparus en connaît le nombre.

L'ambiance venait d'en prendre un sacré coup.

Ce fut alors qu'une voix pointue persifla.

Pensestu Zacharie ? Deux boitsanssoif à la langue bien déliée, se frotter à la mer des Tourmentes, tu veux rire ? S'ils sont bons à se frotter quelque part, c'est juste à mes cotillons et encore !...

C'était la Bastianne qui se faisait entendre.

Les pêcheurs l'applaudirent et l'hilarité générale reprit des forces.

Les chopes s'entrechoquèrent à nouveau.

Seuls les deux amis restèrent muets.

Ezéchiel n'était point homme à s'en laisser conter sans réagir.

Une riposte à sa mesure se concoctait dans les recoins les plus secrets de son imagination.

Pour qui se prend-elle cette crécelle ? Ronchonna Stéfano entre ses dents. Non, mais dis... ses cotillons ? Tu as vu son pont arrière ? C'est un continent... Faudrait être maso pour y risquer une main et ce n'est même pas certain qu'elle te la rendrait.

T'excites pas ! Moi, je vais y aller faire un tour sur ce continent là, et devant tout le monde.

Quoi ? Tu ne vas tout de même pas la trousser en plein troquet ? L'astu bien reluqué ? Ce n'est pas une femme... c'est une baleine.

Ne te tracasse Stefano, j'ai ma petite idée. Cette baleine, je vais te l'harponner de première.

Puis accrochant un sourire sur sa tronche vultueuse il se tourna vers le bar.

« Ola la Bastianne ! Ne te fâches pas ! Ramènes deux blondes et... et ton torchon. J'ai renversé de la bière, lançatil d'une voix melliflue.

Ça ne m'étonne pas. Tu deviens sénile mon pauvre Ezéchiel. Je suis à toi tout de suite, répondit-elle

Tu ne pourrais mieux dire, souffla celui-ci... Tu ne pourrais mieux dire...

Devant la tournure que prenaient les événements, tous les clients pressentaient l'imminence d'un grand spectacle.

Les conversations faiblirent et des oeillades discrètes s'attardaient vers la table de nos deux compères.

Surtout que ceuxci, après quelques allées et venues des plus hésitantes afin d'épancher leur tropplein, laissaient à croire qu'ils n'étaient guère loin de chausser leurs souliers à bascules.

Pensez donc ! Trois tours d'horloge à entonner blondes sur blondes.

Le front d'Ezéchiel s'était emperlé de fines gouttelettes qui ruisselaient et l'obligeaient à cligner constamment des yeux.

Résurgence de la bière ou excitation à l'action qui se préparait.

Mais l'inquiétant pour l'heure, c'était ce tic nerveux qui se manifestait par des fibrillations de la pommette droite. Quand Stéfano s'en aperçut, il sentit monter en lui des picotements aigrelets.

Nous y étions. Le cataclysme était en marche.

C'est qu'il le connaît bien son vieux compagnon et qu'il en redoute parfois les réactions.

N'avaitil pas, lors du nouvel an dernier, voulu faire un striptease dans cette même auberge ? Il est vrai qu'il venait de remporter le concours des buveurs de rhum. Et tout cela parce que la Bastianne l'avait, une fois de plus, poussé dans ses derniers retranchements.

Ça, c'est sûr. T'es un sacré poivrot, lui avaitelle balancé. Dixneuf verres à ras bord. Tu te rends compte ? Mais regardestoi ! Tu ne tiens plus debout, misérable pochard.

Oh !... ooh ! J'tiens pu d'bout ? Espèce de... espèce de... je ne sais même pas de quoi. Mais je pourrais encore te basculer sur le coin du bar si t'étais moins vilaine. Allez, apporte moi le p'tit dernier, Ça f'ra le vingtième tout rond... comme moi.

Là, pour te vanter t'es aussi le champion. Et puis tu as assez bu pour aujourd'hui, lui avaitelle répondu vexée de l'appréciation publique qu'il avait faite de ses charmes. Il ne suffit pas d'avoir du bagou, mon bonhomme... il faut aussi assumer. Et à c'qu'on raconte sur toi... paraît que t'es pas terrible, ajoutatelle.

Qu... quoi ! Quoi !... tonna Ezéchiel, vieille rosière en mal d'amour. Pas terrible... pas terrible ? Eh bien tu vas voir si je ne suis pas terrible.

Il se jucha sur une table et commença à se dévêtir. L'accordéoniste l'accompagna sur un air de chanson populaire vite repris par l'ensemble des clients. Ezéchiel jetait ses habits à la volée et c'est la fermeté de Stéfano qui l'empêcha de se défaire de son caleçon long.

Chapitre 16

Alors ça vient la Jordanne... on meurt de soif, roucoula de nouveau Ezéchiel.

J'arrive ! J'arrive ! Ne sois pas impatient.

Le buste court planté sur de solides jambes, la serveuse se frayait un passage entre les tables. Elle agitait son chiffon à bout de bras, faisant saillir ses seins lourds d'un soutiengorge prêt à rendre l'âme.

Voyezmoi ça ! II y a de la bière partout. Tu fuis mon vieux Ezéchiel... Il fuit ! Clamatelle à la ronde dans un énorme éclat de rire.

Tu as raison Stéfano, maintenant que je la reluque, comme tu dis, on croirait voir une jubarte mais avec la bosse devant. Même allure. Même silhouette, déclara Ezéchiel en connaisseur.

Qu'estce que tu racontes ? Demandatelle en nettoyant la table.

T'occupes la baleine et essuie... t'es t'y pas payée pour ça. Réponditil.

La Bastianne se redressa promptement empourpré de colère.

Baleine ! Baleine ! Grossier personnage. Tu mériterais que je te balance la lavette en pleine face.

Oui, ça va... ça va... éponges la table et dépêche-toi j'ai soif. Et pis baleine et Bastianne ça commence par la même syllabe alors on peut se tromper.

Ses deux mamelons dardés vers le vieux pêcheur elle s'engorgea.

« Baleine ... Baleine ! »

Des larmes lui montaient aux yeux.

Le ton avait changé. Le dénouement était proche.

Tous les regards convergeaient vers le couple.

C'est à l'instant où la serveuse se penchait à nouveau sur le guéridon que Stéfano eut l'illumination. Il n'osait bouger pendu aux gestes de son compagnon.

Celuici, sourire béat, se reculait lentement... toujours assis sur sa chaise.

Et soudain il se détendit.

D'un geste rapide Ezéchiel aplatit la Bastianne sur la table. Un fracas de verre dominé par un contreut des plus aigus s'ensuivit.

Dans le même mouvement il se carra entre ses jambes et releva la robe de la serveuse. Son incroyable postérieur apparut dans toute sa splendeur. Quel panorama...

Pendant ce temps, Stéfano n'était point resté inactif. Il avait agrippé les poignées de la malheureuse et tirait dessus afin de la maintenir à plat ventre sur le plateau.

La serveuse hurlant et gigotant dans tous les sens ne pouvait se défaire de l'emprise des deux larrons.

Spectacle grandiose ! Spectacle inoubliable !

Les consommateurs s'étaient levés et se pressaient autour de la scène. Certains allèrent même jusqu'à vouloir participer à la corrida.

Alors Ezéchiel, dans un geste plein de panache, arracha l'une des jarretières de la malheureuse. Puis, tel un matador s'exaltant devant une assistance survoltée, il brandit l'élastique noir.

Oléééé !... Oléééé !... Criatil en agitant son trophée.

Oléééé !... Oléééé !... Répondirent les autres.

Puis, abaissant avec solennité l'immense culotte blanche, il approcha sa trogne enluminée de la croupe flasque qui trémulait de rage.

Le tumulte devint indescriptible.

Chacun voulait être aux premières loges. Pensez donc, la Bastianne les fesses à l'air. Du jamais vu.

Seul Zacharie manifestait son désaccord en cherchant à s'ouvrir un passage à coups de balai.

Place ! Place ! Bande de vauriens! Ecartezvous laissez-moi passé ! Cet excité va voir de quel bois je me chauffe. Trop, c'est trop et il y en a marre de ses frasques de pochard, hurlaitil à la ronde.

Mais le cercle dense des spectateurs restait infranchissable.

Et c'est alors que s'appuyant de ses deux mains sur les cuisses de l'infortunée Bastianne, Ezéchiel, dans un bruit de succion infinie, déposa sur chaque fesse rose et mafflue... son baiser le plus glouton.

La réaction de la malheureuse n'eut rien à envier à celle d'un cétacé harponné en plein sommeil.

Tout s'écroula... le guéridon, le Stéfano, l'Ezéchiel et la plantureuse serveuse.

Elle se releva comme un ressort et empoigna le pêcheur toujours à terre.

Quelle gifle, mes aïeux ! Quelle gifle !

Si elle fut retentissante, les cris et les rires des clients furent encore plus sonores.

Vieux satyre des mers ! Tu ne l'emporteras pas en paradis, croismoi. Hoquetatelle entre deux énormes sanglots. Et si je n'avais pas mis ma culotte, hein ? Tout le monde l'aurait su, ajoutatelle rouge de confusion tandis que les larmes ruisselaient sur ses joues replètes.

Elle les essuya avec son chiffon.

Ezéchiel restait pantois, tenant sa pommette meurtrie d'une

main et la jarretière de l'autre.

Vraiment tu as de la chance. Oui tu as de la chance. Continuatelle dans des trémolos émouvants. Et gardes ma jarretière. Je te la donne. Tu pourras l'accrocher en haut du mât du « Il y a longtemps que je t'aime. »

Elle prononça le nom du bateau avec tant de sous entendus qu'Ezéchiel sentit monter en lui un sentiment de regret.

Le visage mangé par le chagrin elle le regardait sans méchanceté.

- Comme ça tu pourras jouer les fortiches parmi tous tes poivrots et te vanter de m'avoir ridiculisé, continua-t-elle en se dirigeant vers les privés.

Ezéchiel ressentait une envie folle de la suivre pour se faire pardonner, mais c'est cet âne bâté de Stéfano qui l'en empêchait.

Toujours au sol, il riait aux larmes en s'esclaffant « Dis, Ezéchiel! Tu parles d'un joufflu qu'elle se paye. J'en ai vu pas mal dans le coin mais comme celui-la... jamais. Je suis certain que tu détiens là un autre record. »

Comme un diable sortant de sa boîte Zacharie bondit sur les deux compères. Il était furieux.

Sortez d'ici, espèce de malotru, de détraqué sexuel ! Je ne veux plus jamais vous revoir chez moi, jamais ! Vociféra-t-il.

Ezéchiel abandonna la jarretière dans les débris de sa débauche et soutenu par Stéfano, il gagna la sortie sous les lazzis des buveurs de bière.

Chapitre 17

Durant cette évocation la tempête s'était quelque peu apaisée. Les vagues encore chagrines ballottaient la barque.

Ezéchiel rejeta la toile.

Alors la mer des Tourmentes... Fini tes foucades ? On peut dire que tu ne m'as pas épargné. Mon bras est en compote.

Saisi d'un étourdissement il se cramponna à la barre.

Il faut que je mange, se ditil. J'ai la panse aussi creuse que celle de notre brave « Mélanie ».

Il ouvrit sa cantine et en sortit une galette à l'anchois. Il la brisa à pleines mains et savoura chaque morceau jusqu'à la dernière miette.

La galette de Gepetto est le régal des Dieux, pensatil. C'est bien le meilleur faiseur de pain de toute l'île.

Après s'être désaltéré il s'arma de l'écope et puisa l'eau qui remplissait le fond de la barque.

Courage bras, ditil. L'exercice te fera le plus grand bien.

A la chute du jour il hissa la voile. Un souffle nerveux s'y engouffra et fit vibrer les écoutes. L'embarcation se cabra, gîta par tribord et prenant le vent, fendit les flots à bonne allure.

Dès que Maria apparut le pêcheur l'entreprit.

Te revoilà!... Merci pour m'avoir laissé choir dès qu'un petit nuage est venu te chatouiller. Non, ne te défends pas! Maintenant j'ai besoin de toi. Je dois dormir. A chacun son tour n'est-ce pas ? Alors pour l'instant tu veilles sur le « Il y a longtemps que je t'aime » et moi je me paye un petit somme.

Se calant à l'arrière de la barque, Ezéchiel posa son front dans le creux de son bras valide et recouvert d'une des couvertures de Poldock il s'enfonça dans un profond sommeil.

C'est le cri d'un goéland qui tournoyait au-dessus de lui qui l'éveilla.

Une clarté vive l'éblouit.

Caramba ! S'exclamatil. Combien de temps aije dormi ? Maria s'est éclipsée sans bruit, la coquine...

Il se leva avec lenteur, secoua sa main engourdie par l'inaction. Il la laissa traîner dans l'eau de mer et s'humecta le visage.

Après avoir reprit son cap il s'approcha de la caisse en bois, l'ouvrit et fourgonna à l'intérieur.

- Ah, tiens ?... voilà la cafetière. Je l'avais oublié celle-là, elle tombe bien. A ta santé Zacharie ! dit-il en la portant à ses lèvres. Il but le reste de café froid en croquant un biscuit sec et jeta l'ustensile à la mer.

- Ainsi, plus de pièce à conviction. Le larcin de poldock est protégé, dit-il.

Ensuite il s'installa à la poupe de l'embarcation et se saisit de la boîte en fer qui contenait les fusées. Il en brandit une d'une main et de l'autre tira sur une ficelle qui pendait à l'extrémité. Puis il ferma les yeux.

Un court chuintement suivi d'une petite secousse et la fusée s'éleva dans le ciel si haut qu'elle effaroucha le goéland.

Une explosion sourde libéra une luciole d'un rouge flamboyant qui, retenue par un parachute, descendit dans l'air frais du matin en se balançant mollement.

Le grand oiseau, effrayé par le bruit, s'enfuit à tire d'aile.

Bon voyage l'ami. Rejoins vite Stéfano pour lui porter la bonne nouvelle. Dis lui que je suis là et si la chance veut bien me sourire, nous serons réunis avant la fin du jour.

Le couchant venu il scrutait encore l'horizon mais aucune autre lueur ne répondit à ses signaux. Ni la chance ni le goéland n'avaient exaucé ses vœux.

Le soleil sombra lentement au large de l'océan Atlantique et la lune pleine, habillée d'un halo d'argent, resta seule sous la voûte céleste qui s'assombrissait lentement.

C'est alors qu'entourée d'une myriade d'étoiles Maria se matérialisa plus frémissante de lumière que jamais.

Elle clignota quelques mots d'affection à l'endroit d'Ezéchiel.

« Bonsoir ma belle susurra celui-ci, tu viens me tenir compagnie? Et bien ce soir, comme tu le vois, j'ai du vague à l'âme. Je suis triste de ne pas encore avoir retrouvé Stéfano. Il me manque... Non ! Ne t'en fais pas Maria ... ce n'ai qu'un petit coup de lassitude. Demain ça ira mieux. Je vais profiter de cette belle nuit pour continuer à lancer des fusées.

Maria compris que ce soir le vieux pêcheur ne serait pas loquace. Elle se campa au-dessus du « Il y a longtemps que je t'aime » et l'encouragea tout au long de ses feux d'appel.

Durant une longue semaine il louvoya sur des miles et des miles, entrecoupant les bordées par l'envoi de nouvelles fusées.

La mer restait immensément déserte hormis l'apparition de quelques cétacés en vagabondage.

Il était harassé. Son coeur le taquinait par de petits élancements qui se perdaient dans son bras blessé.

Le soleil d'ouest flirtait avec l'horizon quand Ezéchiel aperçut des hirondelles de mer qui volaient au ras des vagues.

Tiens, tiens ! Il me semblait bien que je respirais un vent de terre. J'approche des îles Perfides se dit-il. Une bonne ballade sur le plancher des vaches me ragaillardira.

Le regard plissé il suivit longtemps les ailes grises qui s'éloignaient vers les îles encore lointaines. Il décida de prendre leur direction. D'autant que la brise s'évertuait à bomber la voile.

Sa vue était trouble tant elle avait fouillé la mer des Tourmentes. Néanmoins il persista dans sa quête jusqu'à la pénombre.

Pour se donner du courage il se mit à chanter.

La barque, à vau-l'eau, filait bon train.

Et la voix d'Ezéchiel monta dans le soir. « A la claire fontaine m'en allant promener, j'ai trouvé l'eau si belle que je m'y suis baigné. Il y a longtemps que .... »

A la nuit tombée il engagea un long conciliabule avec son étoile.

- Tu vois Maria, ce soir je commence à craindre pour la vie de Stéfano. Ne crois pas que je me désespère de le retrouver. Non ! Mais ça fait des jours et des jours maintenant que je le recherche sans repérer le moindre indice. Sans entendre le moindre bruit que celui du vent et des vagues. Je sens que je m'use vite en ce moment. La vieillerie m'a surpris un de ces derniers matins et depuis elle m'affouille sans cesse. A notre retour, Stéfano et moi on raccroche... Nous rebâtirons la maison des Portorosa et le soir, assis avec les anciens, on raccommodera les filets en attendant le retour des jeunots. Que dis-tu ?... Tu crois ?... Oui, tu as peutêtre raison ?... Je parais encore solide mais il n'y a plus l'allant d'antan. Comme dit la Bastianne, j'en fais beaucoup plus avec des paroles qu'avec le reste et pourtant ? Si tu m'avais connu quand j'avais vingt ans. J'étais beau ! J'étais costaud ! Pourquoi n'ai-je point pris épouse ?... Et bien crois-moi Maria, ce n'est pas les prétendantes qui me manquaient en ce temps-là et au bal de la « Saint Amour », le jour de la grande fête d'Alcobaçao, elles se pressaient toutes pour danser avec moi. Si, si... Ne souris pas, c'est vrai, mais que veux-tu ? Elles étaient bien trop jolies pour que je puisse n'en choisir qu'une.

Ezéchiel leva un visage malicieux vers Maria et du bout des doigts lui fit signe de s'écarter. La fusée fila droit vers elle.

Puis le pêcheur s'employa aux travaux de routine.

Ensuite il se restaura. Assis sur le banc de nage il ouvrit un paquet de figues sèches.

Il dégustait l'un des fruits lorsqu'une mouche se posa sur sa lèvre inférieure avec l'intention de lui disputer le jus de la figue qui humectait l'une de ses commissures.

Il s'immobilisa.

Une mouche ! Une mouche ! ça c'est la terre à quelques encablures. Jubilatil en son for intérieur.

Brave petite mouche. Tu es la bienvenue à bord. Lui susurratil.

Il ne pouvait la voir, mais il la sentait se déplacer. Elle pompait parci, parlà, tantôt sa salive sucrée, tantôt le sel incrusté sur sa peau tannée.

Sa joue eut un tressaillement.

La mouche hésita... fit bruire la dentelle de ses ailes puis, tranquillisée par le calme du donneur, elle se remit à butiner avec frénésie.

Lorsqu'elle s'aventura aux abords de ses narines, Ezéchiel sentit monter en lui les spasmes d'une sternutation proche. Il loucha au maximum dans l'espoir de l'apercevoir mais en vain. La nuit était trop noire.

Il éternua avec force expulsant l'insecte au plus profond des ténèbres.

Aussitôt il scruta la mer dans l'espoir d'apercevoir une ligne de terre. Rien à bâbord, rien à tribord, hormis l'eau sombre fleurie d'éclats de lune qui dansaient autour du « Il y a longtemps que je t'aime ».

Le temps étant clément il se blottit le dos à la lanterne et, fixant les poissons volants qui bondissaient devant lui, il s'endormit en pensant à Stéfano.

Chapitre 18

A la pointe du jour Ezéchiel fut réveillé par une troupe de dauphins tachetés qui accompagnaient joyeusement le « Il y a longtemps que je t'aime ». C'est alors qu'il l'aperçut... là, bien en face, à trois miles tout au plus.

Hérissée de magnifiques palmiers-argentins, l'île se découpait sur l'horizon vaporeux du petit matin.

Le vent s'était essoufflé. Plus le moindre frémissement. La voile faseyait à peine.

Le vieux pêcheur souffrait de son bras et son humeur s'en trouvait affectée.

- A ce train là il me faudra la matinée avant d'accoster. Et toi Dieu le Grand tu me laisses encore tomber ! proféra-til sur un ton vif de reproche.

Contrarié il s'en prit aussi à tous ses saints... Mais Dieu qui connaissait son apôtre, avait fermé les écoutilles du ciel pour ne point l'entendre blasphémer.

A bout d'arguments, il vida sa rancoeur en tirant sur les avirons. Et le temps passa.

1433... 1434... 1435... ânonnaitil d'une voix enrouée.

Au mille six cent quatre vingt huitième coup de rein il racla le fond sablonneux de l'île de Santa Loreta

Le soleil était à son zénith.

Il resta effondré sur le banc de nage. Quand enfin il se redressa, il lança au ciel un regard furibond. Il ruisselait de sueur.

- Misère de misère ! Mon moral à besoin de vitamine.

Il fourragea dans sa musette et en ramena le flacon d'eau-de-vie.

J'en ai bien mérité une ou deux lichettes... à la tienne poldock ! dit-il en levant le flacon d'argent à bout de bras.

Il s'autorisa une longue rasade, puis une autre, puis la rincette. Ensuite il posa la flasque près de lui.

« Maudite chaleur, maudit soleil... Et ce bras qui pue la mort. Pas croire que je vais abandonner maintenant », soliloqua-t-il.

Il mit pied sur le rivage et s'étira longuement. Ensuite il hala la barque au sec et accrocha l'ancre autour du stipe d'un palmier puis, s'agenouillant dans l'onde claire, il s'aspergea avec délice. L'eau fraîche qui coulait sur sa nuque le ragaillardi.

Un bon bain ne peut me faire que du bien, pensatil. Et je ne traînerai plus cette odeur faisandée qui me soulève le coeur.

Il se dévêtit avec l'impression que tout son être s'était mis à fonctionner au ralenti. Il lava ses vêtements avant de s'occuper de sa blessure. Le pansement de fortune en papier journal qu'il s´était confectionné restait collé à la plaie. Il grimaça de douleur pour s'en défaire.

- On ne peut pas dire que les nouvelles soient fraîches, ricana-t-il en essaimant les lambeaux de papier.

Et lorsqu'il se coula dans la mer la morsure du sel alluma un incendie dans tout son muscle radial. Il résista jusqu'à ce que le supplice se fût atténué. La baignade dura un long moment. Ensuite il étendit son linge sur le sable brûlant. Ses paupières se faisaient lourdes. Une sieste salutaire s'imposait.

Nu, il s'installa confortablement à l'ombre d'un bouquet de bananiers sauvages. Un régime doré exhalait son parfum au-dessus de ses narines. Il se délecta de ces petites bananes douces et mielleuses avant que Morphée ne l'emporte dans un profond sommeil.

L'après-midi était bien engagé quand un bruit étrange éveilla Ezéchiel.

Un pélican blanc ventripotent brassait l'air de son vol lourd. Il se dirigeait vers le large.

En survolant la barque le palmipède parut captivé. Il jeta des coups de tête à droite, à gauche, fit claquer son étonnant bec et entama un demitour audessus de l'eau. Il revint plus lentement, résolu à examiner cette chose de plus près.

Dernier coup d'oeil à terre.

Il redressa le poitrail, poussa ses pattes palmées vers le sol. Puis se servant de ses ailes pour freiner sa descente, il tenta de se poser sur l'étroite langue de plage.

Seraitce la précipitation? L'inquiétude ou la distraction? Comment le savoir avec ce curieux volatile? Toujours estil, qu'emporté par son élan il pédala dans le vide sur plusieurs mètres... Ensuite, avec une gaucherie qui lui était toute personnelle, il tangua d'une aile sur l'autre avant d'accrocher le sable mou. Déséquilibré, Maître Pélican boula et bec en avant il s'écrasa contre l'embarcation.

Arrêt final.

Ezéchiel étouffa un grand rire pour rester inaperçu du cascadeur ailé.

Celuici s'ébroua, baragouina son mécontentement et circonspect examina la barque.

Il en fit le tour de sa démarche pataude.

Passablement rassuré il se rapprocha de la coque de bois et se jucha sur le rebord. L'objet de sa convoitise était là... à quelques centimètres. Il réfréna son impatience.

Dernière inspection. Tout semble calme.

D'un battement d'aile il s'élança jusqu'à la flasque de Poldock et l'ingurgita sans aucun problème. D'un coup, d'un seul.

Ezéchiel bondit. Le chapardeur aussi.

Ils couraient à la même vitesse mais le poursuivant manquait assurément d'envergure.

Les palmes du pélican tracèrent un court sillage au ras des flots tandis que puissamment son corps grimpait vers la liberté.

Muerte a la vaca! Reviens, maudit cleptomane! Voleur à la tire! Aigrefin! Détrousseur des mers! Si je t'attrape je te plume à vif! Hurlait Ezéchiel de l'eau jusqu'au menton.

En regagnant la barque il gesticulait comme un fou le poing tendu vers l'oiseau qui semblait s'esclaffer au loin.

La gnôle ! La gnôle ! Le bâtard ! Il m'a chipé le flacon d'argent. Et poldock qui m'a demandé de le lui rapporter. Jamais mais jamais il ne voudra me croire.

Pour calmer son emportement il briqua à fond le « Il y a longtemps que je t'aime » et le prépara pour son séjour sur l'île.

Chapitre 19

S itué en pleine mer des Tourmentes, l'archipel des Perfides se composait de trois îles et d'une demi-douzaine d'îlots. Harcelées par de violentes tempêtes, ces terres ingrates étaient abandonnées depuis plusieurs années.

Santa Loreta en était la plus vaste. Un éperon rocheux, recouvert d'arbrisseaux, culminait dans sa partie septentrionale.

Ici commençait le royaume des chèvres noires.

A la mort de Caprinhio, l'ultime habitant de l'île, une quinzaine de chevrettes et Iracundo, le bouc au strabisme convergent, se retrouvèrent en liberté. Ils procréèrent en toute quiétude et à ce jour d'innombrables troupeaux, bêlants et louchants, se partageaient le territoire. Ils gambadaient du soir au matin sur la pierraille aiguë entre les massifs épineux et les cactus sauvages.

Audelà, le terrain s'aplanissait et le substrat, constitué du squelette de coraux morts, s'était recouvert d'une couche d'humus. Un bocage aux senteurs herbeuses s'étendait jusqu'à la mer. Au creux d'inextricables lacis de ronces des lièvres roux couinaient en chahutant. Chassés durant des années ils connaissaient, depuis l'abandon de l'archipel, une paix royale. Certains en avaient profité pour s'empâter. Ils devaient accuser maintenant les sept à huit kilos. Autour d'eux des colonies de Bernard l'Ermite s'affairaient. Logés dans des coquilles d'emprunt, ils écumaient toute la périphérie, grattant et fouissant sans relâche. Cette cohabitation si peu banale qu'elle paraisse était intéressée. Les uns, minuscules et insatiables, se nourrissaient des déchets des autres en les émiettant... fumant ainsi le sol. Les autres, enjoués et gloutons, se gavaient des jeunes pousses dès qu'elles verdoyaient à ras de terre.

Lorsqu'Ezéchiel eut fini de tout rangé à bord il tira de sa caisse en bois un flacon de teinture d'iode. Il en versa une bonne quantité sur sa plaie et refit un pansement décent. L'état de son bras s'était aggravé et l'inquiétait sérieusement.

Alors, balancier de pacotille, tu joues les brasmorts ? Toi si leste d'habitude à celui d'honneur. Je ne te reconnais plus. Pourtant il va falloir que tu tiennes le coup jusqu'à notre retour à Alcobaçao.

Il remua les doigts plusieurs fois mais la douleur l'empêcha d'ouvrir complètement la main.

Revêtu de ses vêtements secs il alla reconnaître les alentours.

Sitôt franchi le rideau de palmiers-argentins il foula un terrain à la structure accidentée.

Stéfano ne peut se trouver que sur une de ces îles. Mais laquelle? Est-il malade? Est-il Blessé? Il a certainement besoin d'aide et toujours pas le moindre indice pour me confirmer que je suis sur sa trace. Et pourtant je suis persuadé qu'il est dans les parages. Je le sens...

Il revint près de la barque avec le crépuscule.

Après avoir englouti une grande partie d'un régime de bananes et quelques gobelets de rosé il interpella son étoile.

- Ola Maria ! Toi qui es l'œil de l'univers dis-moi quand je vais retrouver Stéfano...

- Courage Ezéchiel... lui répondit-elle. Le plus difficile est fait... Gardes la foi et fais confiance à ton flair...

- C'est tout ce que tu as à me dire... C'est bien peu pour une étoile, répliqua Ezéchiel.

– Effectivement... Je ne suis qu'une étoile mais je sais que tu le retrouveras et que tu le ramèneras à Alcobaçao...

Bougon le vieux pêcheur oublia sa déconvenue en compagnie d'un des deux tonnelets de vin.

Sa première nuit sur la terre ferme fut agitée. Il fit des cauchemars et ne dormit finalement que quatre heures. Son repas du soir lui était resté sur l'estomac.

Il se leva très tôt. Ses ablutions terminées il garnit sa musette avec une bouteille d'eau potable et une de bière, deux boîtes de sardines, un morceau de pain rassis, des bananes et un paquet de biscuits sans oublier la machette et l'outre de vin qu'il remplit à la bonbonne. Il emporta aussi son couteau de pêche, un cadeau de Stéfano. Et c'est en déglutissant ses premières rasades qu'il se mit en route. La chaleur se faisait déjà pesante.

Il se dirigea vers le coeur de l'île. Très vite la piste s'avéra difficile. Défoncée par les pluies elle sinuait en corniche au dessus de combes profondes. Il fallait une bonne dose de courage pour s'y aventurer.

Ezéchiel l'emprunta tout en maudissant cette touffeur qui le liquéfiait. La langue épaisse, le souffle court, il s'accordait de généreuses gorgées de clairet. Son humeur s'améliorait au fur et à mesure qu'il transvasait le contenu de l'outre.

Depuis un moment il lui semblait percevoir, au travers des brumes avinées de son cerveau, une euphonie douce pareille à un souffle céleste qui montait de la mer.

– Voilà que j'entends comme une mélodie ? Ou serait-ce le chant des sirènes ? Faudrait peut-être que je cesse de me désaltérer, murmura-il dans un hoquet suspect.

Les sons s'éclaircissaient au fur et à mesure de sa progression. Cette musique d'une harmonie étrange l'intriguait bougrement. Il accéléra le pas.

- Drôle de passacaille. Je risque de tomber sur le bal annuel des Océanides.

Arrivé au bout du sentier il découvrit une valleuse splendide qui ruisselait de lumière.

Les dernières gouttes de vin l'obligèrent à s'écrouler sur un éboulis de roche. Il n'en bougea plus.

L'alcool aidant à l'épanchement de ses sentiments il marmonnait sans cesse «Oh sacrebleu! Que c'est beau! Que c'est beau!».

Sertie au milieu d'un jardin extraordinaire une crique, aux reflets de lavande, scintillait de fines bluettes. Un vent follet courtisait la surface de l'eau et des frémissements argentés s'évanouissaient sur la plage de sable blanc. Une flore exubérante posait des touches vives sur le vert cru des herbes sauvages.

Dans un ciel au bleu profond et scintillant des volées d'oiseaux composaient un ballet hallucinant. Certains aux ailes effilées sabraient l'azur de leur vol rapide et déconcertant. D'autres, rasant l'onde, chopaient d'un coup de bec précis les alevins imprudents ou les crabes minuscules qui lambinaient dans l'empreinte des vaguelettes. Leur concert de piaillements couvrait par instant cette musique atonale qui courait dans l'air.

Face au large, enfouie dans la végétation, plusieurs centaines de petits monolithes, bruts de taille, s'alignaient à perte de vue. Ces pierres tombales, extraites des amas de granit rose qui longeaient la falaise, servaient de reposoir aux oiseaux de mer. Au centre du cimetière un obélisque du même matériau, grossièrement exécuté, dressait sa pointe surmontée d'un crucifix. Sur chaque face de cette colonne quadrangulaire une date y était sculptée en creux « 19 avril 1924 ».

Ezéchiel se ressaisit et dégringola une sente qui le conduisit parmi les sépultures. Au pied de chacune d'elles une conque marine, verdit par les embruns, attendait les offrandes. Des couronnes de feuilles sèches et des colliers de coquillages traînaient dans tout le cimetière. Chaque stèle portait encore les traces de bougies fondues mais le nom des défunts, inscrits sur des plaquettes de bois, avait été effacé par le temps.

Les anciens habitants de l'île s'étaient réfugiés dans l'anonymat pour l'éternité.

« Que le ciel vous bénisse, murmura Ezéchiel, qu'une émotion singulière avait envahi. Je me demande quel est ce grand malheur qui vous a touché pour que je ressente avec tant de force vos pleurs et vos lamentations. »

Et toujours cette sonatine mélancolique qui virevoltait et caressait l'âme du vieux pêcheur.

– C'est la complainte des disparus qui, jusque dans l'eau-delà, accompagne les mânes de ses braves gens, songea t-il.

Le regard d'Ezéchiel s'attarda un instant vers un grand bosquet d'où elle semblait s'envoler. A pas lents il s'y dirigea attiré par les sons qui trémulaient au souffle du vent.

Un séquoia gigantesque, noueux et pétrifié, se dressa devant lui. Sa ramure digitée, dénudée de tout feuillage, se perdaient dans les frondaisons avoisinantes. On eut dit un squelette immobile et froid taillé dans de la pierre. Son tronc gris avait été évidé sur une grande partie et servait de résonateur. Sur l'unique branche basse une série de fines cordes en boyau de chèvre s'y trouvaient accrochées et rejoignaient au sol un énorme madrier qui leur servait de socle. Quelques unes, arrachées par les intempéries, flottaient dans le vide. Mais le vent vif du large faisait vibrer celles qui étaient encore tendues et dispensait à la ronde une musique aléatoire étonnante.

Ezéchiel ne put résister à la tentation d'exercer ses talents de musicien. Les sons discordants qu'il tira de cette harpe éolienne le dissuadèrent vite de continuer. Il choisit de laisser le hasard composé sa partition. Malgré sa hâte de poursuivre ses recherches, il s'octroya quelques minutes de concerto impromptu.

Il revint sur ses pas. Après un dernier regard en direction du cimetière il se dirigea vers un ruisseau qui descendait du plateau. Ses cascades cristallines se déversaient dans une cuvette creusée à même la roche avant de rejoindre la mer.

Ezéchiel se coula tout habillé dans l'eau douce et fraîche en évitant de mouiller son pansement. Il se sentit revivre.

Bonté du ciel ! Que ça fait du bien. Mais toi bras, tu n'y a pas le droit. Il est grand temps que je te reprenne en main. Tu peux à peine remuer les doigts. Ce n'est pas d'une fourche dont j'ai besoin mais d'une bonne paluche. Une galvaudeuse de première.

Après cette baignade bienfaisante il se décida à remonter vers la source.

Une végétation luxuriante bordait le lit du cours d'eau. Au-delà d'anciennes traces de plantations se perdaient jusqu'à l'horizon.

Ezéchiel cherchait le moindre indice qui le mettrait sur la piste d'un être vivant. Il furetait dans tous les coins, hurlait le nom de son compagnon ou faisait silence pour entendre les bruits dans le vent. Rien, hormis le chant des oiseaux, le bruissement des feuillages ou le murmure du courant qui se substituait peu à peu à la complainte du vieux séquoia.

Quand le ruisseau se sépara en deux, Ezéchiel suivit le bras le plus large.

Chapitre 20

En fin d'après-midi il débouchait sur un vaste bassin joliment briqueté. Du fond sableux filtrait une source. Des feuilles mortes palpitaient en surface.

Ezéchiel se pencha. Son visage se refléta dans l'eau claire. A la vue de cette image il éclata d'un rire énorme.

Tu parles d'une tronche. J'ai intérêt à me retaper la façade si je veux plaire à la Bastianne.

Il s'humecta les lèvres. Une myriade de vairons fusa vers les joncs fleuris et les luzules velues qui agrémentaient la pièce d'eau.

En relevant la tête il aperçut, blottie dans un enchevêtrement de roncières, une bâtisse crépie d'un rusticage bleuté. Du toit béant la cime d'un jeune cyprès s'enhardissait vers le ciel. Une sente animalière qui se faufilait sous un hallier touffus le mena jusqu'à l'entrée. La porte entrebâillée était bloquée par un amoncellement de feuilles mortes.

Plutôt mal tenue cette bicoque. Les locataires n'y ont pas mis les pieds depuis belle lurette, songea Ezéchiel en pénétrant dans la maisonnette. Le sol en terre battue, habillé d'herbes grasses exhalait des odeurs d'humidité.

Une araignée géante avait tendu sa toile de lumière entre la cheminée et l'arbre qu'un vent, un jour de malice, sema au milieu de la pièce. Deux lambeaux de dentelle jaunie, finement ouvragés, tombaient du plafond et ornaient l'unique fenêtre. Un buffet garni de vaisselle était surmonté de deux chandeliers en fer forgé. Un fourneau rouillé, trois chaises paillées, un banc renversé et une table en bois complétaient l'ameublement.

Au dessus d'une cheminée rustique une croix faite de deux brindilles, pointée dans le mur, portait témoignage de la piété des anciens occupants.

Des brisures d'assiettes, des débris de poterie et quelques ustensiles ménagers émergeaient, çà et là, du tapis de chiendent.

Ezéchiel redressa le banc, dépoussiéra la table et secoua l'une des chaises. Il n'avait pas encore pris son petit déjeuner et ne s'était pas assis devant une table depuis longtemps. Avec un plaisir malicieux il se dirigea vers le buffet et en retira une assiette, un verre, une fourchette et un napperon jauni de moisissure. Le couteau sera le sien. En regardant le couvert qu'il venait de disposer avec soin ses pensées allèrent vers les anciens habitants de cette chaumière...

 - Ne se trouvaient-ils pas parmi les défunts de la nécropole à l'obélisque rose ? Que c'était-il donc passé pour que tant de gens reposent ensemble dans cette cité des morts ? Un séisme ? Une guerre ? Une épidémie ?...

Pensif il s'installa sur la chaise et se servit un verre de bière qu'il dégusta lentement.

Durant le repas Ezéchiel chercha a élucider cette énigme mais vite sa quête pour retrouver Stéfano reprit le dessus.

Il nettoya soigneusement les couverts, les remit en place et se dirigea vers l'unique porte qui se découpait dans le fond de la pièce. Elle soutint solidement sa poussée.

Elle est bloquée de l'intérieur, pensa-t-il.

Il essaya encore de la forcer. Sans plus de succès.

Il fit le tour de la maison. Une haie de mûriers sauvages interdisait l'accès à la façade arrière. A coups de machette il s'y fraya un passage. De ce coté la toiture était intacte. En un tournemain Ezéchiel dégagea les volets. Essuyant les souillures qui maculaient le carreau, il jeta un regard à l'intérieur de la pièce. Les mains posées en visière devant ses yeux il sonda la pénombre ambiante.

Assurément, c'était une chambre... Ici, un lit... plus loin, une armoire... et... ! Ses cheveux se hérissèrent. Son coeur se mit à la débandade.

Là, de biais, assis dans un fauteuil un homme semblait dormir. Ezéchiel tambourina contre la vitre. Aucun mouvement, aucun signe d'éveil ne se manifesta.

– Stéfano ! Stéfano ! hurla-t-il.

Tout son sang se liquéfia. Il tenta d'ouvrir la fenêtre mais elle était condamnée par une barre de fer. C'est alors qu'il s'aperçut que l'homme portait une barbe et de longs cheveux blancs.

– C'est pas lui ! C'est pas lui ! Jubila-t-il des larmes plein les yeux.

Une joie indécente le submergeait. Il mit longtemps pour évacuer son émotion. Il s'obligea à respirer profondément pour reprendre ses esprits. Quand il eut retrouvé son calme il se sentit honteux des sentiments qu'il n'avait pu réfréner en s'apercevant que ce n'était pas Stéfano.

Revenu près de la porte, il la força à l'aide d'une houe qui traînait devant l'entrée. Le mentonnet intérieur céda et la clenche se libéra. Accompagné du grincement de circonstance le battant d'acajou, taillé à la hache, s'articula lentement sur ses charnières.

Du bout des doigts Ezéchiel pesa contre le panneau. Il s'ouvrit complètement.

Une clarté crue, insolente, chassa les ombres du temps passé pour dévoiler le plus hallucinant tableau qu'il lui fût donné de voir.

Le vieillard endormi, entrevu de l'extérieur, se matérialisa devant lui. Rigide... Immobile... Enfoncé au moelleux d'un fauteuil misérable, il fixait l'intrus de ses orbites sans regard... vides de vie... creuses de vide. Le visage décharné, surmonté d'un bonnet de nuit d'où s'échappait une opulente chevelure blanche s'était parcheminé comme du vieux cuir. Bizarrement un brûlegueule en ronce de buis pendait au coin de sa bouche.

Revêtue d'une ample pèlerine en poils de chèvre, le vieil homme tenait entre ses doigts un missel à la couverture usagée. La chambre, parfaitement ordonnée, s'était à peine empoussiérée. Une odeur de thym flottait dans l'air.

Ezéchiel serait bien reparti sans faire de bruit pour laisser le temps parachever son oeuvre... mais il y avait ces deux rouleaux de papier entourés d'un ruban noir et posés au milieu du lit qui excitait sa curiosité.

Devait-il en prendre connaissance ?

Il hésita fort longtemps avant de se décider. Avec une précaution extrême il contourna le vieillard. D'un geste lent le vieux pêcheur s'empara des deux rouleaux. Ils étaient légèrement empoussiérés et barrés d'une écriture heurtée qui semblait l'interpeller.

« A toi cher inconnu de passage ». put-il lire sur l'un d'eux. L'autre rouleau était adressé à son fils.

« A Sylvio, notre fils bien-aimé... si tu reviens un jour ? ».

Ezéchiel reposa ce pli sur le lit. Ensuite il déroula la missive qui lui était destiné pour y jeter un œil.

Le pauvre, il devait avoir la vue bien basse pour aligner un galimatias de la sorte, pensatil.

La venue du soir s'annonçant, il décida de reporter la lecture du message à plus tard. Et c'est l'âme remplie de morosité qu'il referma doucement le tombeau du patriarche de l'île oubliée.

Chapitre 21

Tard dans la nuit, assis sur le sable, le dos appuyé contre la coque de sa barque, le vieux pêcheur déchiffrait la lettre à la lueur du lamparo.

Bien à toi, l'ami,.

Il n'y a plus une seule bouteille sur l'île. Toutes voguent au gré des flots. Peutêtre même que l'une d'entre elles t'aura porté mon message et fait dévier de ton cap afin de te mener jusqu'à moi.

1408 bouteilles... J'ai envoyé 1408 bouteilles dans la mer des Tourmentes durant mes quatre dernières années. Une chaque jour que Dieu fit depuis la mort de ma bonne Pélagie. Quatre longues années l'ami à dénicher ces bouteilles et à scruter l'horizon sans fin. Mes yeux en sont brûlés jusqu'à la racine.

Voici donc mon ultime confession, mon ultime cri, mon ultime testament.

Je me nomme Naâhbi Caprinhio, paysan de père en fils et dernier habitant de Santa Loreta, la plus grande des îles de l'archipel des Perfides.

Catéchiste de notre paroisse, j'avais aussi reçu la charge d'alcade. Mais la sagesse de mes compagnons ne m'a jamais permis de rendre le moindre jugement. J'en loue Dieu.

Donc, j'employais mes jours à travailler la terre, tandis que Sylvio se consacrait à nos vignes et sa mère au troupeau de chèvres noires.

La vie à Santa Loreta se déroulait sans heurt, calme et sereine... au rythme des saisons et de notre patrimoine culturel.

Jusqu'à ce maudit matin du 19 avril 1924.

De mémoire d'homme, nous n'avions souvenance d'une catastrophe de cette amplitude.

Balayé par Taërhion, le cyclone du diable, la moitié de notre île fut réduite à l'état de ruines en quelques minutes. Nul n'aurait pu imaginer un tel déchaînement. Nos cultures saccagées. Notre cheptel décimé.

Le maërl de nos champs, récolté parci, parlà, brouette après brouette, durant des centaines et des centaines d'années... envolé, volatilisé dans la tempête de l'apocalypse.

Et de nos maisons ? Doux Jésus, je n'ose t'en parler.

Une déferlante qui obstruait tout l'horizon s'écrasa sur le village. Aucune de nos demeures ne fut épargnée.

831 personnes périrent ce jourlà.

458 seulement furent retrouvées. Nous dûmes les ensevelir par famille entière enveloppée d'un drap cousu, faute de bois pour leur confectionner un cercueil. Pendant les jours qui suivirent 17 villageois moururent à la suite de leurs blessures et la marée déposa 126 corps sur les plages de Santa Loreta .

La plupart des survivants, traumatisés au plus profond de leur être, avaient perdu un ou plusieurs membres de leur famille.

Le père Matthias, notre bon curé, fut emporté, aspiré comme fétu de paille avec 16 enfants et son église entière. Disparus à tout jamais, comme ça... d'un claquement de doigts.

Au plus loin que le regard portait ce n'était que désolation... Maisons écroulées, Arbres arrachés... Chemins défoncés... Barques fracassées. Certaines furent retrouvées à plusieurs kilomètres du port, en pleine nature.

La plupart de nos animaux domestiques, nos chevaux, nos bœufs furent tués dans la tourmente.

Les villageois, privés de leur prêtre, se traînaient l'âme en peine avec un je ne sais quoi de lugubre au fond des yeux qui ressemblait à du renoncement.

Et lorsque le "SANTA FE" et le "TUCUMAN" s'ancrèrent au large de l'île et avant même que leurs chaloupes ne fussent à l'eau pour venir vers nous... TOUS et TOUTES, soit plus de trois mille personnes chargés de leurs misérables baluchons les attendaient près du ponton. Un nombre important de blessés, allongés sur des brancards de fortune, geignaient sur la grève. Trois jours durant ils embarquèrent. Ils sont partis sans se retourner. Notre fils aussi.

Croismoi l'ami, Dieu était absent ce jourlà, et toute la tristesse du monde n'eut point rempli la plus infime parcelle de mon désespoir.

J'ai choisi de rester. Pélagie, ma bonne épouse, m'a pris la main et me l'a embrassée avec une infinie tendresse. Ses larmes fraîchirent ma peau... je les sens encore.....

Je ne pouvais me résoudre à me séparer de mon île... A abandonner les maisons, dévastées certes, mais où naquirent nos aïeux dont les ombres furtives se glissent souvent par les nuits sans lune... A quitter la glèbe que nos pères ont ensemencée de leur foi et de leur courage. Et surtout... surtout à m'éloigner du cimetière où reposent nos parents et nos ancêtres ; Ceux que la mort embellit dans le souvenir. Non, non, je ne le pouvais pas.

Je me suis remis au travail avec l'espoir de voir revenir les villageois mais en vain.

Les seuls qui sont revenus sont les corps noyés de cinq hommes et de deux femmes que la mer, par un jour de tempête, déposa sur le sable.

Deux années plus tard ma bonne Pélagie tomba gravement malade. En quelques jours elle fut emportée par une mauvaise toux.

Et depuis ce grand malheur ma raison s'est effilochée. Je bats l'île en tous sens, criant au ciel mon désarroi, hurlant à la nuit ma solitude, appelant Sylvio afin qu'il vienne me chercher.

Il n'est pas venu, l'ami... il ne viendra plus et je vais mourir seul, seul comme une bête. Et pourtant, pourtant je veux croire qu'il navigue vers Santa Loreta et que demain peutêtre ?...

Si ma dépouille ne te répugne point trop, bénislà et ensevelismoi près de ma bonne Pélagie à l'ombre du grand sycomore, derrière la maison. La fosse est prête.

Prends dans le tiroir du chevet le petit sac en peau de chèvre... Il est pour toi. Et si tu rencontres Sylvio, dislui que sa mère et son père l'embrassent tendrement.

Adieu l'ami et que Santa Loreta te protège.

Naâhbi Caprinhio

Chapitre 22

Dès l'aurore, Ezéchiel se trouvait sous le grand sycomore. Devant lui s'élevait une plateforme de sable roux dont les murets disparaissaient sous un entrelacement d'églantines sauvages.

Six marches en granit rose et flanquées de deux colonnes incrustées de coquillages permettaient d'y accéder.

Il s'y engagea.

Un rectangle de galets délimitait la sépulture de Pélagie. Au centre, une extraordinaire gorgone déployait ses ramures digitées. On eût dit qu'elle venait d'être déposée sur le tumulus gravillonnée tant ses diaprures s'irisaient dans les lueurs du petit matin.

Une croix, taillée à l'herminette dans une branche du sycomore, étalait l'identité de la défunte. Naâhbi avait copié la forme des lettres, ornées d'enluminures, qui ornaient son Missel pour inscrire « Pélagie Caprinhio ma tendre épouse » avec beaucoup d'amour et d'application.

Une fosse minée par l'érosion s'y trouvait accolée. Tout auprès, une pelle rouillée ainsi qu'une autre croix attendaient. Caprinhio y avait inscrit son nom avec moins de soin.

Mon cher Naâhbi, je ne te promets pas un enterrement de première classe... Ça ne va pas être facile, murmura Ezéchiel.

Effectivement, il se trouvait confronté à un problème de taille; la dépouille du vieil homme s'avérait intransportable autre que dans la position où elle se trouvait.

Songeur, il se dirigea vers la chambre mortuaire. Au-dessus de lui le soleil levant, emprisonné dans un berceau de feuillage, frémissait de tous ses feux tandis que le manteau feuillu du grand sycomore frissonnait et bruissait comme un archet qui pleure.

En pénétrant dans la pièce Ezéchiel eut la sensation que Caprinhio allait lui parler. Il en eut des frissons. Longtemps... longtemps il fixa avec émotion le dernier habitant de l'île. Les battements de son coeur tambourinaient avec force. Les yeux toujours rivés sur le cadavre momifié il s'approcha du chevet dont le tiroir était entr'ouvert. D'un geste lent il s'empara du petit sac qu'il enfouit au fond de sa poche. Ensuite il se consacra à Caprinhio. Avec une délicatesse que l'on ne lui connaissait pas, il l'attacha au fauteuil à l'aide de fines bandelettes qu'il déchira dans l'un des draps du lit. Après s'être muni de l'autre drap et d'une embrasse de rideau il souleva le vieillard et le porta jusqu'aux abords de sa dernière demeure.

Durant le parcours il ne cessa de lui parler. Il s'excusait de le brutaliser ainsi. Et lorsqu'un craquement se faisait entendre il se bloquait net, appréhendant que le vieil homme ne s'affaisse. Mais non ! Caprinhio tenait bon. Jusqu'à sa pipe qu'il gardait coincée au creux de sa mâchoire. Rasséréné, le pêcheur repartait avec encore plus de ménagement.

Il ne fut soulagé qu'à l'instant où il déposa son fardeau devant la tombe de la bonne Pélagie.

Image surréaliste... Image fantastique que ce mort assis dans son fauteuil, cheveux au vent et assistant, imperturbable, à son inhumation.

Ezéchiel, fortement bouleversé, s'agenouilla devant le vieil homme et lui embrassa les mains posées sur le missel.

L'âme en peine il recreusa la tombe. Le soleil était haut quand il jeta la pelle sur le remblai.

Le plus désagréable restait à faire...

Après avoir béni cet homme qui paraissait esquisser un léger sourire, il l'enveloppa avec le drap et noua les extrémités entre elles.

Il accrocha l'embrasse à cet étrange baluchon et le descendit au fond de la fosse.

Le corps, toujours fixé sur le siège, se tassa dans une longue plainte.

Ezéchiel grimaça... Sa bouche s'inonda d'amertume.

Les premières pelletées de terre lui furent insupportables. Il avait l'impression que c'était lui qui les recevait à plein corps.

Il maronna durant tout son effort.

Lorsqu'il eut enseveli Caprinhio il dressa la croix, arracha les herbes folles qui encombraient la tombe de Pélagie puis déposa sur chaque tertre une brassée d'églantines sauvages.

Epuisé par ces funérailles insolites il s'accroupit en face des deux sépultures. Il ruisselait de sueur. Le menton posé au creux d'une main, le regard perdu loin devant lui il se recueillait, émouvant de fragilité et de tristesse... et le temps s'arrêta pour le regarder.

Les jacassements d'une pie qui piétait sur le rebord de la plate-forme tirèrent Ezéchiel de sa morosité. Il se frotta le bras dont les tissus tumescents le démangeaient sauvagement.

Je voudrais bien savoir pourquoi le destin est aussi implacable. Toute une vie d'effort pour quelques bribes de bonheur, c'est payer cher le droit à la vie. A croire que tout ce que m'a appris le père Capistrano n'est que de la foutaise... de la pure foutaise.

Se tournant vers la sépulture du vieux Caprinhio, il lui dit: « Toi, mon cher Naâhbi, tu n'as plus besoin de te poser la question. Tu vois, je n'ai aucune idée de la couleur de tes yeux ni du son de ta voix mais j'ai comme la sensation que l'on se connaissait depuis toujours. Croismoi, nous aurions fait un sacré trio avec Stéfano. Dommage que notre route ne se soit pas croisée plus tôt. Si tu me le permets l'ami, je vais te demander une faveur, ce sera le plus grand bonheur de ma vie, si tu l'exauces : Faismoi retrouver mon compagnon rapidement car le bon Dieu ne m'écoute pas, et je te le dis bien haut, je ne pourrais pas ramener son cadavre. Je préférerais claquer près de lui. »

Ezéchiel saisit l'outre en peau de bouc qu'il avait accroché à une branche basse et trinqua avec Naâhbi.

Il versa sur la sépulture une courte giclée et but ensuite à la régalade. Malgré l'épais couvert du sycomore le clairet était d'une tiédeur âcre.

Excuse le vin il est comme moi, il vieilli mal. Maintenant il faut se quitter. Je dois retrouver Stéfano. Repose en paix près de ta bonne Pélagie et que la terre vous soit légère. Adieu mes amis et peut-être bien qu'on se reverra. Murmuratil en rassemblant ses affaires.

Après un ultime salut de la main il s'éloigna en longeant un muret d'éboulis.

Chapitre 23

Aux flancs des coteaux avoisinants des vignes oubliées se tortillaient à perte de vue. Dans l'ombre d'une allée de platanes, un haquet disloqué d'avoir trop attendu les vendanges était encombré de bouilles et de paniers. Tout auprès une masure, festonnée de clématites, attira le regard d'Ezéchiel. Il s'en approcha. La cour était envahie de ronces et d'herbes folles. Un appentis ouvert à tous vents abritait une multitude de véhicules. Ici... carrioles, guimbardes et gerbières servaient de nichoirs aux pigeons sauvages. Là... un corbillard et plusieurs charrettes sans roue gisaient sur leurs essieux les brancards fichés dans des fientes sèches. Plus loin, une dizaine de barcasses retournées disparaissaient peu à peu sous un manteau de liserons et de lierres en fleurs.

Ezéchiel visita la maison de fond en comble. Il y découvrit un désordre incroyable. Plusieurs cabris affolés s'échappèrent de la cuisine.

Lorsqu'il reprit sa route il pensait toujours à Naâhbi. Il se retournait souvent en direction de la maison bleue. Le sentiment d'y avoir laissé un morceau de lui-même l'obsédait.

- C'est toujours les meilleurs qui partent les premiers, ronchonna-t-il, comme s'il venait de passer sa vie auprès de Caprinhio.

Il marcha longtemps, explorant chaque bâtiment, chaque point d'eau, chaque anfractuosité qui aurait pu servir d'abri à Stéfano. Le paysage devenait de plus en plus désolé. Ezéchiel pénétrait dans la zone du cataclysme. Plus un arbre ne se dressait jusqu'à l'horizon. Seuls quelques troncs déchiquetés pointaient leur mutilation vers le ciel comme autant de bras vengeurs. De vastes étendues de plaines entièrement bouleversées témoignaient encore des ravages de Taërhion. Cicatrices profondes qu'une végétation en pleine recomposition pansait lentement.

« Quelle tristesse ! Tout a été saccagé, torturé. A croire que le diable lui-même a participé à ce désastre » se lamenta le vieux pêcheur.

Nerveusement il triturait la bourse que lui avait léguée Caprinhio. Il la tira de sa poche et la soupesa. Un malaise indéfinissable le poursuivait depuis les funérailles de Naâhbi. Il se reposa près d'un pommier à demi déracinés. L'arbre s'agrippait à la terre et ses branches feuillues le tiraient vers le ciel. Se décidant enfin il délaça le petit sac. Cinq perles magnifiques roulèrent au creux de sa paume. Cinq parangons du plus bel immaculés. Il les mira dans les feux du soleil, jouant avec les reflets opalescents de leur robe.

- Elles sont superbes, murmura-t-il. Grosses comme des calots. Brillantes comme des étoiles. Fraîches comme la rosée du matin.

Il remercia son bienfaiteur en buvant à longs traits le restant de clairet. Puis il énuméra à haute voix les futurs privilégiés de ce magot.

- Une pour le padre, ainsi il fera reconsolider son clocher pour recevoir à nouveau « Mélanie ».

- Une pour Poldock, ça lui paiera son bateau de pêche pour plus tard. Et la plus belle pour la Bastianne, peut-être que je me la marierai après tout. Quand aux deux autres elles nous serviront à reconstruire notre maison.

Il les admira encore un instant puis délicatement il les déposa au fond de la bourse.

– Assez rêvassé, continua-t-il. Rangeons-les et reprenons nos recherches. Stéfano doit commencer à s'impatienter. Si seulement il me faisait un signe le bougre.

Le sentier qu'il suivait déboucha sur un chemin empierré. Ezéchiel l'emprunta. Une multitude d'arbres morts jonchaient le sol et obstruaient le passage. Au loin il aperçut un cheval brun qui paissait en compagnie de trois bovins.

– Les rescapés de ce maudit Taërhion, se dit-il.

Depuis son arrivée il avait arpenté une grande partie de l'île. Hurlé à tous vents le nom de son compagnon. Inspecté sans relâche tous les endroits qui auraient pu lui servir de refuge et toujours aucun signe de Stéfano.

Qu'à cela ne tienne, il restait inébranlable dans sa détermination, dans sa foi.

– Tiens bon p'tit père ! Cria-t-il soudain. J'arrive ! Fais-moi confiance car contre vents et marées, diables ou mécréants, contre le monde entier, tu m'entends... contre le monde entier, je te ramènerai à la « Soledad ». Et ça Stéfano je t'en fais le serment.

Il redressa sa tête hirsute et jeta un regard de défi vers le ciel.

Un souffle léger effleura son visage.

Et la molle tiédeur du soir lui distilla les émanations capiteuses de la terre exhalée. La paupière close, la narine dilatée, il respirait par petites saccades les senteurs confondues.

Ezéchiel reprenait de l'énergie. Il se régénérait en buvant à même la nature.

Au débouché du chemin il découvrit les vestiges de Santa Loreta. Le village anéanti exhibait ses plaies dans un chaos de décombres. Il descendit une ruelle défoncée et encombrée de débris divers.

De chaque côté, des maisons en ruines s'enfonçaient dans l'oubli. Des morceaux de bâches, accrochés à des pans de murs ballaient mollement et donnaient au paysage une vision d'apocalypse. Les buissons sauvages et les broussailles épineuses formaient des fourrés impénétrables qui lentement envahissaient le village de Santa Loreta. D'incroyables plantes rudérales flamboyaient parmi les gravats. Leurs corolles d'un rouge sombre ressemblaient à des impacts de sang. Des floralies farfelues débordaient des courettes formant des charmilles ombragées ou vivaient, sauvageonnes et caquetantes, les nouvelles générations de volaille.

Ezéchiel se dirigea vers le port. En traversant la place, jaunie du soleil déclinant, une colonie de lapins détala en tous sens. Quelques oies blanches, battant de leurs ailes la terre poudreuse, se faufilèrent sous les fondations de la chapelle envolée.

Le pêcheur s'arrêta et les mains en porte-voix, il hurla à plein poumon.

« Stéfano... o... o... ! C'est moi Ezéchiel ! Réponds-moi ! Stéfano... o... o... »

Un silence absolu succéda à ses appels. Toute la faune des lieux, déconcertée par ces cris inaccoutumés, se recroquevillait au plus profond de leurs abris. Seul, le mugissement du ressac qui déferlait sur les brisants couvrait par instant le clapotis régulier de la fontaine qui continuait de déverser sa source.

- Je donnerais la lune pour savoir ou il est, se dit le vieil homme. En attendant je dois hurler comme un fou et visiter toutes ces ruines les unes après les autres.

« Stéfano... o ! Stéfano... o ! »

Les ombres du soir se faufilaient au long des ruelles sinistres.

« Stéfano... o ! Stéfano... o ! »

Et les appels montèrent dans la nuit jusqu'à ce que le pêcheur eut rejoint le « Il y a longtemps que je t'aime ».

Il visita le village et parcourut l'île de long en large durant encore quarante huit heures... en vain.

Chapitre 24

L'aube d'un jour nouveau, altéré par un manteau de brouillard, commençait à poindre sur l'archipel des Perfides.

Une fraîcheur humide réveilla le pêcheur. Il s'étira nonchalamment et s'extirpa de dessous la voile de rechange.

Pas un frôlement de feuilles dans les ramures... Aucun bruit, hormis le chuchotement de la mer qui balayait infatigablement le sable du rivage.

La nature entière paraissait figée.

Ezéchiel enrageait

Manquait plus que ça ! Et il fait frisquet ce matin... Fichtre de temps !...

Il dut patienter. Bien que patienter ne soit pas le mot qui convienne... Disons plutôt qu'il fulmina jusqu'à ce que le vent eût nettoyé le ciel.

Entre temps il replia la voile qui lui servait d'abri pour la nuit, rangea ses couvertures et vérifia ses vivres. Puis il s'installa sur le banc de nage pour déguster les restes de son dernier repas.

La veille au soir il avait lancé une ligne à l'eau et attrapé une superbe truite de mer. Il la prépara avec gourmandise. Après l'avoir vidé et écaillé il s'inventa une farce pour garnir son poisson. Choisissant un morceau de pain rassis il l'émietta et le mélangea avec la pulpe d'une poignée de figues sèches écrasée et il y ajouta quelques herbes qu'il était allé chercher parmi les pierrailles. Puis il malaxa le tout avec un verre de vin blanc pour en faire une pâte tendre. Après avoir garni son poisson avec cette farce il roula l'ensemble dans une feuille de bananier qu'il mit à cuire dans les cendres d'un feu de bois durant quarante minutes.

Ce fut le meilleur dîner qu'il eût mangé depuis son départ.

Bien que froid son petit déjeuner fut aussi un régal. Pour s'assurer d'un moral à toutes épreuves il termina la bouteille de vin blanc.

Enfin !... la voie est libre... Pas trop tôt, maudite purée de pois ! Lâchail tout en achevant de serrer la voile.

Sur la mer plate, la barque gagna rapidement le large et s'éloigna à tout jamais de Santa Loreta.

Son étrave, en ouvrant la vague, dispersa les derniers haillons de brume qui traînaient au ras des flots.

Le bonnet de laine enfoncé jusqu'aux oreilles, Ezéchiel méditait en voyant le royaume de Caprinhio qui disparaissait au loin. Une heure passa sans qu'il ne s'en rende compte. Il voguait... le regard noyé dans le frétillement de la mer des Tourmentes.

Frétillement qui, à quelques mètres de la proue se transforma brusquement en un bouillonnement tumultueux. Un énorme banc d'anchois, paraissant effaré, apparut à fleur d'eau dans un tourbillon argenté. Très compact il se déplaçait à une grande vitesse tandis que dans le ciel, redevenu azuré, des hirondelles de mer arrivaient de leurs îlots rocheux dans un vol rapide et gracieux. Ces voiliers exceptionnels repérèrent d'abord leurs proies. Ils se positionnèrent au-dessus par un vol battu stationnaire de quelques secondes le bec orienté vers le bas. Puis, repliant leurs longues ailes coudées ils plongèrent à la verticale pour se nourrir de cette manne providentielle. C'était un véritable raid que subissaient les anchois.

Et ce n'était pas terminé car soudain plusieurs jubardes jaillirent au milieu du banc. Venus des abysses elles déclenchèrent un tohu-bohu infernal. Certaines bondissaient frappant l'eau de leur queue ou de leurs nageoires pour assommer leur proie. D'autres se servaient de leur gueule béante comme d'une épuisette et avalaient des milliers de poissons en une seule goulée. Toutes ces baleines à bosses, labourant la mer par de folles cabrioles, provoquaient des vagues énormes qui firent vigoureusement tanguer le « Il y a longtemps que je t'aime ».

Ezéchiel se trouvait toujours captivé par les spectacles exceptionnels que lui proposait la mer mais cette fois il préféra s'éloigner de ces cétacés en goguette. La scène se passait trop près de lui. Il les abandonna à leur festin pour se rapprocher d'« Amarusta » la plus luxuriante des îles de l'archipel des Perfides.

Son littoral escarpé la protégeait de toutes intrusions terrestres.

Inaccessible pour le commun des mortels, elle devenait un nid d'amour à la saison des pariades. Les oiseaux de mer s'y donnaient rendezvous transformant ce joyau de verdure en une volière extravagante. Et durant tout le printemps un concert de piaillements et de claquements de bec dominait le raffut des vagues. Ezéchiel s'approcha au plus près des aplombs. Entreprenant le tour d'Amarusta il explora chaque dentelure de la côte, examina chaque débris qui eût pu ressembler à un élément du « Jamais je ne t'oublierai. »

Le vieux bordait si intimement l'île que le ressac le drossait sans ménagement contre les récifs. La barque, bringuebalée, portait l'empreinte de ses accolades inopinées. De profondes éraflures tailladaient son ventre de la proue à la poupe.

Mais le pêcheur n'en avait cure. Le temps pressait.

Il achevait de se restaurer lorsque le « Il y a longtemps que je t'aime » coupa l'embouchure d'un canyon. Des falaises à pic crochaient de leurs doigts puissants les entrailles de cette faille obscure.

A l'appel de la marée montante, des eaux déchaînées s'y engouffraient dans un tumulte assourdissant.

La barque pivota et fut emportée par le courant.

La bouche encore maculée de sardines Ezéchiel réagit promptement. Après avoir amené la voile, il empoigna les rames et tira dessus comme un galérien en fuite jusqu'à retrouver la mer calmée.

Une douleur vrilla de son bras malade et l'obligea à suspendre son effort. C'est alors que son attention fut captée par un coup sourd qui semblait s'échapper du ventre d'Amarusta.

On dirait « Mélanie » lors de la fameuse tempête de 1900, pensatil en frissonnant.

La cloche de Santa Monica battit toute la nuit jusqu'à en arracher la monture de sa couronne. Elle s'écrasa au coeur de la petite église. Tous les jeunes gens d'Alcobaçao durent s'unir pour l'en dégager. Elle fut réparée par le forgeron et placer au sommet de la tour de guet en attendant.....

Ce n'est pas non plus celle de la chapelle de Santa Loreta. Une dizaine de miles à travers les airs, ce n'est pas possible, se ditil.

Ezéchiel était tendu... il écoutait. Plus de bruit dans le lointain. Avait-il rêvé ? Il commençait à se sentir rassuré lorsque le son, canalisé par les parois du canyon, vibra à nouveau sur la mer des Tourmentes.

Une peur viscérale l'envahit sournoisement.

Pas de panique, mon bonhomme, se ditil.

Et si c'était quand même la chapelle envolée qui annonçait un malheur... lui susurra une petite voix du fond de sa conscience.

Et comme par miracle, le chapelet se retrouva dans sa paume rugueuse. Il en palpa chaque grain avec une inquiétude grandissante.

- Faut que je me carapate de ce coin maudit, et à toute vitesse...
Mentalement il se récita la seule prière dont il se souvenait quelques bribes.

« NOTRE PERE QUI ETES AUX CIEUX, QUE VOTRE NOM .... avec le pot que je me connais, c'est pour ma pomme que ça sonne....... QUE VOTRE REGNE ARRIVE, QUE VOTRE VOLONTE SOIT FAITE...... à moins que ?... caramba ! et si c'était Stéfano qui me signalait sa présence. DONNEZ-NOUS NOTRE PAIN DE CHAQUE JOUR ET PARDONNEZ ......

Je me conduis en femmelette... il a raison le Zacharie, je suis une vraie poule mouillée... NE NOUS LAISSEZ PAS SUCCOMBER A LA TENTATION ET DELIVREZ-NOUS DU MAL. AMEN.

Quelque peu rassuré par ces paroles rituelles mais toujours perplexe, le vieux pêcheur hésitait à se rapprocher de l'île.

Un nouveau coup le fit tressaillir et contribua à sa décision.

C'est Stéfano ? Sûrement qu'il m'a vu et... et il m'appelle à son secours... Mais sur quoi peutil bien taper de la sorte, le pauvre ?... Allez, un peu de courage vieux forban, se dit-il.

Et vogue la galère.

Passant le chapelet autour de son cou il vira de bord et se présenta à l'entrée du chenal.

L'embarcation fut brutalement happée par les flots. Ezéchiel, abasourdi et trempé n'eut plus qu'à s'accrocher à la barre du gouvernail.

Ballotté, chahuté, emporté par un train d'enfer, le « Il y a longtemps que je t'aime » embarquait des paquets de mer à chaque méandre... à chaque tutoiement avec les roches émergeantes. De terribles courants d'air fouaillaient la barque et la couchaient sur son platbord.

Un rodéo époustouflant s'engagea sur l'écume rageuse. Ezéchiel s'était coincé près du banc de nage et barrait par tribord, barrait par bâbord avec une maîtrise impressionnante afin d'éviter les écueils qui surgissaient de toutes parts. Le torrent bouillonnant l'emportait de plus en plus vite. La joute solitaire se poursuivit durant un temps qui lui parut une éternité.

- A Dieu va... murmura-t-il.

Le pêcheur se trouvait entre les mains de la Sainte Providence...

Il commençait à l'accepter lorsque le « Il y a longtemps que je t'aime » fut précipité dans les eaux troubles d'une mer intérieure. Enserré par des abrupts infranchissables un cimetière de bateaux s'étalait sur toute cette crique.

La surface sombre de l'eau moutonnait farouchement. Ses vagues serrées charriaient une multitude d'épaves et d'objets de tous acabits.

Ce n'était que mâts brisés... coques éventrées... navires à demi sombrés.

Mais le plus étonnant, le plus insolite... c'était ce long courrier à l'aspect sinistre, en errance depuis le fond des temps, qui gémissait de toute sa membrure. Entraîné par un courant tourbillonnaire, il voguait... flanqué d'une escorte d'embarcations et de débris flottants qui s'entrechoquaient dans des craquements terribles

Vaisseau fantôme, exhumé d'un livre d'histoire, dont la mâture étrangement intacte dressait encore son écheveau d'enfléchures et de haubans. Des lambeaux de voile palpitaient au vent comme des bannières flétries.

Lorsqu'il croisa la barque Ezéchiel se signa. Il baisa la croix de son chapelet en découvrant le nom « San Miguel ».

La légende qui s'était construite depuis la disparition du long courrier l'enferma dans une crainte extrême.

Chapitre 25

Par certaines veillées... Les anciennes du village racontaient que les matelots du « San Miguel », ivres de rhum et possédés du démon, violentèrent en l'an de grâce 1850 la Mère Supérieure de Vinidad et ses onze nonnettes qui se rendaient au couvent de Capelacchio. Et ne disaiton pas aussi, mais a voix plus basse, que toutes nues elles furent ensuite jetées en pâture aux requins de la mer des Tourmentes.

Le roi d'Espagne lança son armada à leurs trousses.

Sans aucun résultat.

Le troismâts, barré par un boiteux implacable, se volatilisait chaque fois que les gueulardes d'un galion tonnaient et crachaient leurs boulets de feu dans sa direction.

Depuis l'équipage damné fut voué à errer sur la mer immense.

Et dès que de folles tempêtes ou de violents orages éclataient le « San Miguel » s'amarrait à la tapisserie de haute lice que tissait la pluie. Et là... tel le blason de l'enfer, silencieux et fantomatique, il épiait au travers de la grisaille les ultimes soubresauts des navires en perdition. Dès lors, les hommes du boiteux, dénués de tout sentiment, s'emparaient de l'âme des noyés.

On disait aussi que durant la tempête de 1900, le vaisseau fantôme, foudroyé par la colère du ciel, s'était englouti au plus profond de la mer des Tourmentes.

Mais que ne disait-on pas ?...

BANG !!... Le bruit se répercuta de rochers en rochers, de falaises en falaises avant de s'engouffrer en trémulant dans l'échancrure du canyon. Ezéchiel décocha un regard irrité vers le voilier qui, coupant l'estuaire tumultueux, roulait furieusement sur les houles nourries par le vent du large. Il s'aperçut alors qu'un mât de charge s'était brisé. Libre, il pendait vers la mer et au gré des roulis son palan frappait avec force l'étrave bombée du navire.

BANG !!...

En dépit des coups répétés qui le surprenaient à chaque fois et du périple de ce spectre haillonneux, Ezéchiel n'en continua pas moins son exploration.

Une chape étouffante pesait sur toute la crique alors que le vent haletait ses bouffées de chaleur.

Depuis un moment, le pêcheur sentait venir un malaise. Son visage blêmissait et sa barbe grise s'emperlait de sueurs froides.

Je ne vais tout de même pas me laisser impressionner par les fantaisies de ce tocard de palpitant, se ditil. Maintenant que je suis en pleine mer des Tourmentes je dois me cramponner... Coûte que coûte...

Une douleur aiguë fusa de sa poitrine et lui fit ployer les genoux. Une main posée sur le banc de nage, l'autre crispée sur son coeur qui barattait éperdument... il geignit d'une voix rauque.

« Cornélius !... accordes-moi encore un peu de temps. La Jordane m'a dit que je retrouverais Stéfano... et que nous rentrerions tous deux, sains et saufs...

Le soleil disparaissait derrière les falaises lorsque le pêcheur se sentit mieux... la fraîcheur du soir lui apportait un regain de vitalité.

Je suis tombé dans le chaudron de Satan, pensatil. Faut la descendante pour en sortir.

Peu à peu les eaux devinrent étales et le grand cirque s'interrompit. Les bruits s'atténuèrent. Les oiseaux se turent. Une immobilité étrange gagna toute la crique.

Ezéchiel profita de ce répit pour naviguer autour des écueils. Il gaffait les morceaux d'épaves qu'une sourde appréhension lui suggérait. Point de « Jamais je ne t'oublierai » mais il récupéra un morceau du bardage haut de la « Sirène bleue »... La felouque des frères Amalfi.

Une pensée chagrine se saisit de lui.

– Et si les charognards du « San Miguel » s'étaient emparés de l'âme des rouquins ?... et c'est pour ça qu'à la crypte des disparus leurs chandelles ne tiennent jamais allumées... Maudit bateau ! Maudit équipage !... S'ils croisent dans ces lieux c'est sûrement que la pêche pour l'enfer est bonne. Mais moi vous ne me posséderez pas... et un jour je reviendrai avec Capistrano... Lui, il saura mettre fin à vos manifestations sataniques d'une façon définitive... Alors, nos malheureux frères connaîtront le repos éternel.

La surface de l'eau frissonna. Les épaves s'entrechoquèrent de nouveau et le large tourbillon reprit sa ronde infernale... lentement... lentement...

Des centaines d'oiseaux, posés sur les débris de bois, s'envolèrent dans le ciel pour reprendre leur grand tapage.

La marée descendante redonnait vie à la mer emprisonnée et le manège du diable emporta derechef le « San Miguel ». D'abord doucement. Puis les flots s'enflèrent. Le courant gagnait de la vitesse. Ezéchiel essuya un dernier coup de gong en regagnant le canyon.

La barque se cabra et reprit en sens inverse sa chevauchée fantastique.

Chapitre 26

« Ezéchiel !... Ezéchiel !... »

Les appels glacèrent le pêcheur.

« Ezéchiel !... Ezéchiel !... »

Les syllabes de son prénom se perdaient dans le vacarme des eaux mugissantes.

D'un geste rapide il affala la voile. Puis, poussant à fond sur la barre, il réussit à s'approcher d'un étoc qui fendait le courant au milieu de la passe.

Il y accrocha le « Il y a longtemps que je t'aime ».

De gros bouillons gorgés d'écume s'agrippèrent au flanc de l'embarcation tandis que le vent fou lapait la mousse légère du dessus et l'emportait dans les airs en tourbillonnant.

Les cris s'étaient tus.

C'est par Dieu pas possible ! C'était bien la voix de Stéfano... Mes oreilles ne m'ont pas trompé, dittil. Ô bonne mère, faites que je ne rêve pas.

Après avoir assuré son arrimage, il choisit un moment de moindre bruit pour appeler à son tour.

La réponse arriva aussitôt.

« Par ici !... Par ici Ezéchiel ! »

Son coeur frémit d'allégresse.

Accroché au mât il cherchait à repérer le «Jamais je ne t'oublierai» alors que sa barque, malmenée par le courant, cognait durement contre l'écueil.

A une trentaine de mètre en amont il découvrit la silhouette de l'embarcation de son compagnon. Démâtée, elle paraissait bloquée entre deux récifs et la marée en se retirant semblait la hisser de plus en plus haut.

Les appels faiblissaient.

Courage ! Courage ! J'arrive... Continue de crier pour annoncer au vent du large que tu es toujours vivant et que ton vieux pote va te ramener à Alcobaçao... Allez, hurle... hurle un bon coup ma joie, mon bonheur... hurle au ciel notre victoire... « A la claire fontaine m'en allant promener, j'ai trouvé l'eau si belle que je m'y suis baigné... Il y a longtemps que... »

Et le vieux braillait. Et le vieux chantait. Et le vieux chialait...

Il dut batailler contre les éléments jusqu'à la tombée du jour avant d'accoster en dessous du « Jamais je ne t'oublierai ». Il était ruisselant de sueur et d'embruns, mais heureux comme jamais de sa vie il ne l'avait encore été.

Avant de rejoindre son compagnon il se munit de la bouteille de vin rouge que lui avait donné poldock.

Holà !... holà du bateau !... Je demande la permission de monter à bord. Beuglatil en escaladant la dent de rocher qui soutenait la partie arrière de la coque. Cette fois... pas de réponse.

D'un superbe bond il se retrouva dans la barque. Celle-ci oscilla sous la secousse et une nappe d'eau boueuse le cueillit jusqu'aux mollets.

Recroquevillé sur le banc de nage, Stéfano s'était évanoui... tranquille enfin de savoir que son ami était là... et qu'il ferait le reste.

Ezéchiel se pencha sur le naufragé. Il fut effrayé en ne le reconnaissant à peine. Le visage émacié était recouvert d'une barbe poisseuse et une vilaine plaie lui barrait tout le front.

- Réveillestoi !... Réveilles-toi p'tit père... Faut filer d'ici pendant que la marée est favorable... et il n'y en a plus pour bien longtemps... Allez, ouvre les yeux, je t'en prie. Criaitil en le secouant énergiquement.

L'empoignant à bras le corps il le souleva sans effort et le berça.

Tudieu !... Ce qu'il est brûlant et maigrichon le pauvre, il n'a pas dû se nourrir depuis des jours et des jours, pensatil.

Puis, rejetant la couverture humide qui enveloppait le corps inerte, il s'aperçut que l'une des jambes pendait bizarrement.

Il la palpa avec précaution.

La douleur réveilla Stéfano. Après quelques gémissements, son regard s'éclaira en apercevant son fidèle ami.

« Oh, Ezéchiel ! C'est toi ? Merci mon Dieu... J'étais sûr que tu viendrais, j'étais sûr. C'est bon de te revoir, de te toucher. Tout va recommencer comme avant, n'est ce pas ?

De ses mains brûlantes, il caressait le front, le nez, la bouche du vieux pêcheur. Une frénésie délirante s'emparait de lui.

« J'ai soif ... j'ai soif ... » Geignatil.

Ezéchiel s'assied sur une caisse et, continuant de le bercer, posa délicatement le goulot de la bouteille de vin sur les lèvres sèches.

Tout doux, tout doux... Hé ! Ce n'est pas de la flotte, c'est du quatorze degrés... Tu vas te prendre une cuite de première si je te laisse faire, lui ditil.

Les yeux de Stéfano, étonnés et grands ouverts, plongeaient au plus profond de ceux de son sauveur.

« Encore, encore. » Implorat-il.

Il ne se rassasiait pas du vin qui coulait sur son visage, dans son cou... et tout en buvant la bouche ouverte, il parlait... il parlait...

« Ah, si tu savais... J'ai tellement eu la frousse de crever seul... de crever sans te revoir, sans revoir Alcobaçao et toutes ses...... »

Tranquilo, tranquilo... Je suis là maintenant et plus rien de fâcheux ne t'arrivera. Nous partons pour la « Soledad », déclara le pêcheur d'une voix émue.

« Ezéchiel, je t'ai vu !... je t'ai vu, continuait Stéfano. Tu es passé comme une flèche au milieu du torrent. Sur le moment, j'ai pensé que c'était la fièvre qui me jouait un vilain tour... Mais non... Dis ? Tu en as mis du temps pour revenir...Et qu'est ce que c'est que ces coups qui tonnent depuis des jours et des jours ?... »

Allons, allons... ne t'en fais plus. Je te raconterais tout ça, plus tard... Dans l'immédiat il faut larguer les voiles et en vitesse... Le « Il y a longtemps que je t'aime » nous attend, juste en dessous...

« Et mon bateau ? » S'inquiéta Stéfano.

Il est bien mal en point, répondit Ezéchiel. Plus de mât, une brèche au niveau de la ligne de flottaison et la barre de ton gouvernail est brisée. Nous le remorquerons plus tard. De toute façon je dois revenir car j'ai une mission à accomplir avec Capistrano au coeur d'Amarusta... Ensuite nous passerons tout notre temps à courir le guilledou et à boire autant de chopes de bière que nous pourrons en contenir... Place aux jeunes et à nous le repos du pêcheur. Et ta jambe ?... te fait-elle beaucoup souffrir ?

Stéfano grimaça une réponse ambiguë.

« Qu'à cela ne tienne. J'irais au bout du monde avec toi... tu le sais bien. Allez, poses-moi... ça va superbe ».

Dès qu'il fut sur sa jambe valide, un étourdissement le gagna et il perdit de nouveau connaissance.

Le vieux pêcheur le rattrapa. Puis, profitant de son malaise, il le descendit à l'aide d'un cordage jusqu'au fond de sa barque.

La manoeuvre libéra en lui une pensée pour Naâhbi Caprinhio, tandis que Stéfano, enfoncé dans son inconscience, souriait aux anges.

Ezéchiel l'installa confortablement. Il lui fit une couche au creux de la voile de rechange et le couvrit avec les couvertures de Poldock.

Puis il examina sa blessure. Il essaya de réduire la fracture comme il l'avait vu faire par Evariste, le rebouteux du village. Mais trop de temps s'était passé. Il sectionna l'une de ses cannes à pêche en plusieurs morceaux et lui confectionna une attelle de fortune.

Après un aller-retour rapide sur le « Jamais je ne t'oublierai » afin de récupérer les affaires de son compagnon il s'assura que celui-ci avait recouvré toutes ses facultés.

La nuit était claire et Maria semblait se trémousser tant elle pétillait de tous ses feux.

Ezéchiel lui lança un regard éperdu de joie. Les bras levés vers elle, il exulta : « Maria ! Maria !... Dieu existe... il vient de me tendre la main... et je l'aime... et je t'aime... Reste avec moi ce soir... Le bonheur qui me submerge est trop grand pour moi. Il faut que je le partage ».

Le vieux pêcheur essuya ses yeux humides d'un revers de main. Il envoya un baiser à Maria puis, tenant la barre d'une poigne ferme, il manoeuvra le « Il y a longtemps que je t'aime » avec la maestria du vieux loup de mer.

« Allons !... Ne perdons pas de temps, la route est longue amigo... »

Rapidement il sortit de la passe.

La voile claqua et le retour vers Alcobaçao commença sous le regard scintillant de sa bonne étoile.

Chapitre 27

L a première partie du retour fut calme.
Stéfano raconta sa lutte au harpon durant cinq jours avec une superbe baleine blanche... Ses blessures quand celle-ci percuta le « Jamais je ne t'oublierai » afin de le renverser. La longue course qu'il entreprit à la traîne du cétacé jusqu'au moment ou la souffrance devenant insoutenable il dut abandonner sa prise. Ensuite les évènements devinrent flous. Il perdit la notion du temps et se retrouva prisonnier du canyon. Toutes ses provisions avaient été perdues durant son combat avec la baleine blanche. Les pluies d'orage, les rosées du matin le désaltérèrent et les coquillages accrochés à l'éperon rocheux le nourrirent tant qu'il put se déplacer.

Quand à Ezéchiel il lui fit le récit complet de ses aventures parfois rocambolesques mais souvent émouvantes. Il lui confia les cinq magnifiques perles en lui proposant le nom des trois bénéficiaires avec lesquels il aimerait les partager.

« Nous en garderons deux pour refaire notre maison. Je crois que ce sera suffisant...Qu'en penses-tu ? ».

Stéfano l'écoutait religieusement, émerveillé par la splendeur des joyaux.

Il acquiesça heureux et ils rêvèrent ensemble un instant.

Entre sa navigation Ezéchiel occupait son temps à soigner les plaies, à pêcher et à préparer les repas, sans oublier ses entretiens nocturnes avec Maria. Il ne se lassait pas de lui confier l'immense bonheur qu'il éprouvait d'avoir retrouver son compagnon. De lui exprimer toute sa reconnaissance pour l'avoir tant soutenu dans ses moments les plus difficiles.

Un temps clément et un vent favorable leur permit de rejoindre la barrière de goémon en moins d'une semaine. En laissant la mer des Tourmentes derrière lui, le vieux pêcheur ne put s'empêcher de lui faire un bras d'honneur.

- Et de trois ! Proclama-t-il. Je l'avais bien dit à Poldock qu'elle ne m'aurait pas encore cette fois.

En entendant la voix gouailleuse de son ami Stéfano sourit. Il se sentait mieux. Sa santé se stabilisait mais celle d'Ezéchiel paraissait plus précaire. Il se trouvait à bout de force.

- Maudite carcasse, tu tiendras jusqu'au bout... même s'il faut que je te porte, lui disait-il. Tu n'as pas le droit de capituler maintenant.

Chaque jour passé affûtait sa volonté de ramener son compagnon au plus vite... Et il tenait.

La malchance le rattrapa à une journée des côtes de l'île de la Soledad.

L'horizon s'assombrit. Des nuages lourds effacèrent tout le ciel et déferlèrent au ras de l'eau en s'ébouriffant dans de grands éclats de lumière.

Le tonnerre gronda.

Le vent s'affola.

La mer gonfla.

- Manquait plus que ça... On a eu trop de veine jusque là. Je vais t'arrimer Stéfano car j'ai l'impression que ça va casser du bois et je n'aimerais pas aller te repêcher. La baille à sa gueule des mauvais jours, marmonna Ezéchiel.

Aussi loin que l'on pouvait voir, les vagues se creusaient, se cassaient ou explosaient dans des jaillissements d'écume... cisaillées par la foudre.

Le vieux pêcheur amena la voile et se cramponna à la barre. Il jeta un regard vers son compagnon.

« Courage p'tit père ! Courage ! Hurla Ezéchiel. C'est la mer des Tourmentes qui nous envoie son bon souvenir. Ne crains rien, Maria nous protège. Elle est juste au-dessus de nous. »

Bientôt l'obscurité unit les éléments déchaînés et une tempête épouvantable se libéra. Des montagnes d'eau se déversaient dans la barque. La membrure craqua et les deux tonnelets furent arrachés et emportés par dessus bord.

La mer s'ouvrait de toute part. Soudain l'embarcation se cabra dangereusement. Ezéchiel se jeta vers l'avant pour l'empêcher de chavirer. Le « Il y a longtemps que je t'aime » poussé par un souffle puissant gravit une déferlante qui n'en finissait pas de se dérouler. Un instant suspendu sur la lèvre de cette énorme vague la barque tournoya sur elle-même et s'abattit brutalement dans les flots obscurs. Une autre vague, aussi gigantesque, l'entraîna dans son creux pour l'écraser de toute sa masse. Ezéchiel évita le haut du mât qui, enrubanné de la voile, s'engloutit dans la nuit. L'embarcation bondissait, plongeait, virevoltait, emportée par les éléments incontrôlables.

Le pêcheur se démena durant toute la tourmente. La lutte fut rude et indécise. Stéfano plongé dans la fange geignait sa douleur.

Au petit matin, le « Il y a longtemps que je t'aime » était tout aussi délabré que le « Jamais je ne t'oublierai ». Plus rien ne restait à bord hormis les deux hommes et la paire de rame.

Ezéchiel accepta cette ultime épreuve en contrepartie de l'incommensurable chance qu'il avait eu de retrouver son compagnon. Mais lorsqu'il s'aperçut que tout son matériel de pêche avait été emporté par la tempête, il dut faire acte de volonté pour ne pas laisser éclater l'une de ses terribles colères. Il urina sa mauvaise humeur en pleine mer et cracha son amertume au vent. Puis il écopa la barque et s'occupa de son compagnon.

« T'en fais pas Stéfano, je vais te ramener au bercail. Ce soir nous dormirons dans notre lit... Tu peux en être sûr ». lui dit–il.

Avant de prendre les rames il s'octroya quelques minutes de repos. Le jour se levait quand il s'installa au banc de nage.

Maria lui clignota ses derniers encouragements avant de se diluer dans les lueurs blafardes de l'aube.

La tête de Stéfano dodelinait de souffrance. Ezéchiel retira son ciré et le plaça sous la nuque du blessé puis, empoignant les rames, il tira dessus avec une aisance extraordinaire.

Chapitre 28

Par une lune magnifique, pleine et généreuse, le « Il y a longtemps que je t'aime » doublait la pointe des frégates. Au loin les lumières d'Alcobaçao palpitaient dans le clair-obscur d'une nuit intensément douce.

Quelques mouettes, affriolées par l'arrivée de la barque, couraient sous la voûte étoilée en dessinant de larges cercles au-dessus des deux pêcheurs. Parfois l'une d'elles lançait un cri de harengère pour quémander son morceau de poisson.

– Ce n'est pas le moment... j'ai autre chose à faire... Allez, va ! Et à la revoyure, dit Ezéchiel en suivant du regard les évolutions d'un grand goéland blanc qui avait pris l'habitude de l'accueillir. L'oiseau vira au plus près du mât brisé. Il tournoya plusieurs fois autour du moignon. Lassé de ne pas recevoir son offrande il s'enfonça dans la pénombre en rasant de ses ailes les guipures d'argent qui dansaient sur la mer.

La barque louvoyait entre les écueils luisants. Son falot tremblotant, suspendu au digon de proue, cuivrait d'une rousse clarté le visage de Stéfano. Ezéchiel abandonna les rames pour s'en approcher. Il l'agrippa par le col de sa vareuse et dans une exultation incontrôlée l'agita gaillardement.

– Courage !... Courage !... Tu m'entends Stef ? C'est fini. On arrive chez nous. Tu vois ?... on l'a encore possédé cette maudite mer des Tourmentes. Répètait-il comme un forcené. Des larmes coulaient sur ses pommettes violacées.

- Ouvre tes mirettes et regarde!... C'est beau!... C'est beau la vie!... continua-t-il.

Stéfano recroquevillé sous la couverture ne bougeait pas. Il tremblait de fièvre.

- On a gagné... accroche-toi p'tit père, accroche-toi.

A deux mains il recueillit de l'eau du fond de la barque et rafraîchit le visage brûlant de son compagnon.

Puis reprenant les rames il puisa dans toute la vigueur qui lui restait. Une rage de vivre s'emparait de lui. D'une voix éraillée Ezéchiel entonna l'hymne à leur joie. « A la claire fontaine, m'en allant promener, j'ai..... »

De son poste de guet la vigie avait aperçu la barque qui glissait sur la mer luminescente et tranquille.

Manolo n'en croyait pas ses yeux. Il gesticulait dans tous les sens.

- C'est Ezéchiel ! C'est Ezéchiel ! criait-il. Il s'élança vers la grosse corde et l'empoigna avec jubilation.

« Mélanie » s'esclaffa de tout son bronze.

- C'est Ezéchiel ! Et il revient avec Stéfano... Le falot de digon est allumé. S'égosillait Manolo.

La cloche qui résonnait à toute volée réveilla le village entier. Chaque tintement, comme un éclat de rire, ricochait jusqu'au fin fond de l'île de la Soledad. En un instant toutes les habitations d'Alcobaçao s'illuminèrent.

Lorsque la barque accosta à la « Désirade » des dizaines et des dizaines de flammeroles accouraient de tous lieux.

Ezéchiel se redressa lentement. Sa chevelure et sa barbe avaient blanchi en quelques heures. Sa silhouette s'était transformée... les épaules basses... le dos rond presque voûté... il était devenu un vieillard. Seuls ses yeux avaient gardé au fond de leurs prunelles la flamme vive de sa jeunesse. Il soutint un moment son bras impotent. Celui-ci était gourd.

– Allez bras !... Encore un petit effort. Dit-il. Ensuite tu auras toute ma vie pour te refaire une santé. A présent sortons Stéfano avant que nos dernières forces ne se fichent le camp.

Il se pencha vers le blessé et le souleva avec précaution.

– Voilà... voilà, comme ça... Dis ?... Tu es bien ?... Tu ne souffres pas trop ?

En guise de réponse Stéfano cilla des paupières et lui sourit.

– Bon, alors chante avec moi avant que n'arrivent les autres péquins, poursuivit Ezéchiel. « Sur la plus haute branche, un rossignol chantait..... »

Il abandonna la barque.

Une senteur de magnolias, portée par la brise de terre, lui flatta les narines. Il respira lentement les exhalaisons légères... sourit et triomphant il s'avança en direction du village.

A chaque pas qu'il faisait le corps de son compagnon lui paraissait un peu plus pesant. Il trébucha une première fois. L'une des attelles qui maintenaient le membre brisé de Stéfano avait glissé et butait dans le sable. Celui-ci gémit. Ezéchiel essaya de le porter plus haut quand il fut pris d'un vertige.

Autour de lui la plage chavirait... floue... irréelle. Il percevait à peine le brouhaha des villageois qui se précipitaient à sa rencontre.

Ils étaient tous là à courir vers lui... Capistrano, Judoc, Gepetto et les autres... à une centaine de mètres quand une douleur atroce le poignarda. Il grimaça mais n'en continua pas moins sa progression « Chante rossignol chante... toi qui as le coeur gai...

Il souffrait terriblement.

Encore une cinquantaine de pas... Quarante... trente... Il tomba à genoux. « Tu as le coeur à rire moi je l'ai à pleurer... Il y a longtemps que je t'aime... »

Les bras fléchis sous la charge de Stéfano, le visage haut levé vers Dieu qui le regardait. Il achevait son chemin de misère.

Au-dessus de lui, Maria vibra... vibra plus que de coutume. Anéanti par un chagrin infini elle laissa échapper une larme qui vint s'écraser sur le front du pêcheur. Celui-ci, la bouche grande ouverte, appelait de l'air. Un long frémissement parcourut tout son être. Il se tendit à l'extrême et doucement... tout doucement... son corps bascula.

Il s'écroula sur Stéfano le nez dans le cou de son ami. Dans un ultime effort il lui murmura la fin de leur chanson.

«Ja... mais... je ne... t'ou... blierai».

Près d'eux Cornélius les assistait.

Le jumeau de la Jordane se pencha doucement vers Ezéchiel et avec une extrême délicatesse le détacha de Stéfano. Puis, dans la caresse du vent de terre... dans le parfum des magnolias en fleurs... il l'emporta vers le large parmi les grands goélands.

Lorsque Capistrano serra Ezéchiel contre lui toute vie s'en était allé mais il avait ramené Stéfano vivant.

Ne l'avait-il pas promis à Poldock ?

Et quand le bon curé, Judoc, Gépetto et les autres emmenèrent sa dépouille vers la chapelle Santa Monica l'une de ses mains laissa glisser sur le sable la jarretelle noire de la Bastiane.

- Dis, Poldock... pourquoi tu pleures ? demanda Pépito, Zéchiel est dans le ciel. Il est devenu étoile parmi les étoiles, continua-t-il.

- Tu crois ça, toi ?

- Mais oui, mais oui. C'est la Jordane qui me l'a dit et elle... elle le sait. Elle parle aux anges. Elle m'a même promis de me faire voir son étoile... C'est la plus belle et la plus brillante.

Poldock renifla plusieurs fois en secouant la tête de bas en haut. Il tira de sa poche la moitié de mouchoir qu'il ne quittait plus et étouffa ses sanglots. Il était en plein désarroi, bouleversé par la mort du vieux pêcheur.

Dans le lointain Massouff hurlait à la lune.

Poldock frissonna. Prenant la main de Pépito il allongea le pas pour rejoindre le groupe de pêcheurs qui accompagnait Stéfano et le corps d'Ezéchiel lorsqu'un bras solide enserra son épaule. Il leva les yeux et rencontra le regard chaleureux de son père. Alors... il laissa couler son chagrin sur la grosse main rugueuse.

Tandis que là-bas...

Tout là-bas...

Au large des côtes d'Argentine, une étoile en naufrage, déroulant dans un poudroiement d'or sa tresse légère, s'abîmait dans le lit profond de la mer des Tourmentes.